Gainsbourg
à rebours

Du même auteur

Romans et récits

Est-ce bien la nuit ?, Stock, 2002.

Près d'elles, Flammarion, 2003.

La Mélancolie de Nino, Scali, 2006.

Le Père de mon père, Philippe Rey, 2008.

L'odeur du sang humain ne me quitte pas des yeux, Mille et une nuits, 2009.

Le Dernier Modèle, Mille et une nuits, prix Renaudot essai 2012.

Livres d'art

La Peinture moderne, Nathan, 1985.

Orsay peinture, Nathan, 1986.

Le Paris de Lautrec, Assouline, 2005.

Maeght, une aventure de l'art vivant, avec Y. et I. Maeght, La Martinière, 2006.

Autres

Lexique toxique, illustré par Roland Topor, Michel Lafon, 1996.

Petit Guide à l'usage de ceux qui s'intéressent encore à leurs contemporains, Stock, 1989.

Franck Maubert

Gainsbourg
à rebours

suivi de

Propos sur l'art

Fayard

Couverture : Off, Paris.

Illustration : Serge Gainsbourg,
au musée du Louvre, devant *L'Arc de Triomphe et le Théâtre d'Orange* (1787) d'Hubert Robert (1733-1808),
par Marie-Laure de Decker, 1986,

ISBN : 978-2-21367-860-3.

À celles et ceux qui laissent
une trace sur le mur
du 5 bis, rue de Verneuil.

« Les lions, les tigres sont
des animaux sauvages. »
(Un dictionnaire)

Gainsbourg par Gainsbourg

Peut-être aux yeux de certains atteints de cécité mentale n'aurai-je jamais fait, dans ma vie, qu'un autoportrait de moi-même avec toutes les implications turbulentielles d'un Francis Bacon. Quant aux blaireaux, un peu moins initiés dans cette discipline majeure, qu'ils s'en réfèrent à ceux de Raphaël Sanzio. Onanisme par personne non interposée. Le show man, quant à lui, pour peu qu'il soit en point de mire, se devant de s'exposer aux flashs accidentels de Kodak ou de Fuji, en assumera toutes les éphémères conséquences, son don d'ubiquité rendant celles-ci incontrôlables par lui-même. Peut-être ai-je une sale gueule, peut-être pas. Ainsi en décideront les lumières crépusculaires, les couleurs, les noirs, les blancs et la focale. Qu'y puis-je ? Le hardcore et âme ainsi impliqués, je serai fusillé d'une balle rouillée et mourrai du tétanos. Arrêt sur image. Adieu Brigitte, adieu Jane, adieu Bambou, adieu Charlotte. *For ever.* T'inquiète, j'suis increvable, jusqu'à preuve du contraire. Ambition néant, j'ai déjà donné. Éjaculations précoces. Et qu'est-ce que la postérité a fait pour moi ?... Peut-être me faudrait-il retrouver les chemins vicinaux de ma première enfance. Le p'tit Lulu des années trente, sans compter le stress années quarante, initiation sexuelle des putains de Pigalle, je t'aime moi non plus, prémonition notoire. Après quoi, j'en arrive aux amours fatidiques. Constat policier : *You're under arrest.* Liberté provisoire.

S. G.

Décembre 1986.

Du côté de chez l'homme à tête de chou

Printemps 1986, banlieue parisienne. Ce jour-là, Gainsbourg carburait au Dom Pérignon. L'homme ne donnait pas dans la demi-mesure, plutôt dans la double dose. Ça, je le savais depuis la première fois où je l'avais vu à la télévision. Ce type-là tranchait sur tous les autres chanteurs, et puis j'aimais sa manière de se tenir, sa curieuse façon d'afficher un brin de morgue tout en restant sur la réserve. Il avait surgi dans un costume plutôt strict, à fines rayures, en noir et blanc. La vie dans les années soixante était encore en noir et blanc. « J'avoue j'en ai bavé pas vous… », c'est ce qu'il chantait dans une émission qui devait s'appeler « Paris club ». Voilà, ça, c'était la première fois. Depuis, j'essayais de suivre tout ce qu'il pouvait faire, pour lui, pour les autres aussi, et je guettais la moindre de ses apparitions. Dans les années soixante, toujours, il y a eu toute cette cascade de titres qui relevaient de la magie des mots : *Elaeudanla Teïtéia*, *La Chanson de Prévert*, *L'Appareil à sou-pirs, à sou-rire...*, *Maxim's*, *Les P'tits Papiers*, *Docteur Jekill...* et *Bonnie and Clyde*.

Évidemment, avec Brigitte Bardot à ses côtés, difficile de faire la fine bouche. Tous ces shows télévisés, tous ces décors pop, ça réveillait la France du Général. Un peu plus tard, j'étais lycéen, j'avais monté un journal, c'était mon deuxième (le premier s'appelait *Expression 69*) et un seul titre s'imposait : « Almerilla », mot prononcé par Serge Gainsbourg dans *Initials B. B.* J'aimais le mystère du mot *Almería*, nom de la ville andalouse où Bardot avait tourné *Shalako*, avec Sean Connery, un film d'Edmund Dmytryk.

Revenons à notre première rencontre. Donc, il carburait au Dom P. Sérieusement. Ce devait être au début du printemps 86, dans un entrepôt de l'est parisien. Il dirigeait le tournage d'une pub pour un dentifrice, et tout le monde attendait ses ordres. L'œil aux aguets, il se tenait derrière le viseur d'une caméra. Quand il se déplaçait, sa démarche avait un je-ne-sais-quoi de chaloupé. Il donnait l'impression de flotter. Repetto blanches aux pieds et jeans. Gitanes aussi. Paquet bleu et Zippo dans la main droite. Je venais l'interviewer sur sa jeunesse de peintre. Il ne cessait d'aller et venir, donnant des conseils au cadreur et à un type qui se brossait les dents. Oui, il y avait un gars qui, face à un miroir, ne cessait de se brosser les dents. Elles devaient être d'une blancheur inouïe. Serge a recommencé la prise au moins dix fois. Perfectionniste, même dans la pub. Dom Pérignon. Moi, j'étais mal, j'avais une extinction de voix depuis le matin. Pour ma voix blanche, Serge m'a conseillé un rhum brun chaud, triple dose, avec un peu de citron. Il a envoyé un assistant chercher une bouteille. « Tu prends le meilleur », lui a-t-il dit, lui tendant un billet de cinq cents francs. Pour moi seul, le meilleur rhum !

Difficile d'interviewer quand aucun son ne sort de votre bouche. Je murmurais, quasi inaudible, pas moyen d'articuler, et Serge prêtait l'oreille. Avec attention et gentillesse. Qu'importent mes questions, lui s'était lancé dans une sorte de cours d'histoire de l'art mêlé d'histoires tout court sur les peintres qui le fascinaient. Je le soupçonnais d'inventer. Il s'emballait. Une assistante a bien tenté de venir le chercher à plusieurs reprises. En vain. Il avait mieux qu'un tube de dentifrice, des tubes de couleurs : Géricault et les cadavres de l'hôpital Beaujon, Raphaël en gants blancs, Michel-Ange sur son échafaudage, Picasso face aux Allemands... J'étais hypnotisé par sa fougue et sa – vraie – connaissance.

Gainsbourg avait, en dehors des chansons, de la poésie, de la musique, une autre passion, bien plus forte, une passion secrète qui emportait tout : la peinture. On s'est revu dès le lendemain. Chez lui, cette fois, sans le type à la brosse à dents, sans les assistants non plus. J'avais recouvré ma voix. Là, c'était Gibson sur Gibson (trois doigts de gin dans un verre conique, deux glaçons lavés au vermouth, une barrette d'oignons grelots, un trait d'angostura). Il avait le tour de main pour la préparation, les gestes justes d'un grand barman. À force d'observation, on apprend…

C'était Gainsbourg, en chair et en os, qui me servait. Impossible de le tarir sur l'art. C'était son truc enfoui. Il avait passé treize ans de sa jeunesse à rêver d'être peintre. Très vite il m'a proposé que nous allions ensemble au Louvre, là où, apprenti peintre, il exécutait des copies. Au musée, il pouvait bien se priver de clopes. Il notait le changement de salle de certaines œuvres, l'absence d'autres… Intarissable, comme envoûté. Il m'épatait.

De retour rue de Verneuil, nous riions du discours convenu de certains guides. J'étais assis tout à côté de *L'Homme à tête de chou* de Lalanne et je m'apercevais que la sculpture avait taille humaine. Il prenait plaisir à détailler chaque objet, chaque tableau, chaque photo ou coupure de presse, disposés avec une précision quasi maniaque, répétant inlassablement les mêmes mots comme un gardien de son propre temple.

Combien de fois avait-il assené les mêmes mots, les mêmes phrases ? Combien avons-nous été de journalistes assis dans ce même fauteuil ? Peu importe, quand Serge parlait d'art, j'avais vraiment l'impression qu'il s'adressait à moi seul. Même s'il arrivait que je partage des après-midi ou des soirées avec Bambou, des flics (ah ! ça, il les aimait, les flics, qu'il appelait avec une certaine nostalgie « la maison Poulagat ») ou le patron du resto d'en face. Dans ces moments, ce n'était pas Gainsbarre le show man que j'avais en face de moi, mais bien l'homme, Lucien Ginsburg.

Où commence la vie d'un homme ?

Où commence la vie d'un homme ? Lucien Ginsburg naît le 2 avril 1928 à Paris, de parents immigrés russes. Son père, Joseph, et sa mère, Olga, viennent d'Ukraine après avoir fait un crochet par Constantinople. Dans l'appartement familial de la rue Chaptal, dans le IXe arrondissement, juste en face de la Société des auteurs, compositeurs et éditeurs de musique – mais l'heure n'était pas encore aux droits d'auteur. Les Ginsburg vivent repliés sur eux-mêmes. Entre eux, les parents parlent russe, s'engueulent en yiddish et leur français laisse percevoir un accent russe prononcé. Chez les Ginsburg, on adore le bortsch et les pirojki. Et la musique. Surtout la musique. La mère fredonne des romances russes – le mal du pays. Joseph est un musicien classique reconverti en pianiste d'ambiance. Dans les bars, en saison dans les casinos, il joue les yeux fermés Chopin, Bach, Scarlatti… mais aussi *Les Roses de Picardie*, et, à la maison, Debussy, Stravinsky et Gershwin. Lucien est bercé par l'harmonie classique. Après les cours, avec ses sœurs Jacqueline, l'aînée, et Liliane, sa jumelle, ils ont droit, chacun leur tour, à une leçon de piano d'une heure. Non sans cris et pleurs.

Où commence la vie d'un homme ? 1936. Il a huit ans ; le petit garçon se trouve laid avec ses oreilles décollées. Il est triste aussi, et timide. En accompagnant son père qui joue du piano au casino de Deauville, il éprouve ses premiers émois amoureux, sur fond de *J'ai ta main dans ma main* de Charles Trenet diffusé à la T.S.F.

Beaucoup plus tard, dans une préface, il remercie son « guide » :

À la frontière du souvenir
Et de l'oubli où s'arabesquent les fils

D'or barbelés de mes songes secrets,
J'entrevois un passeur de rêves
Auréolé d'un feutre clair
Et de soleils fulgurants d'avant-guerre.

Puis s'enchaînent les souvenirs de belles automobiles, des concours d'élégance… Émotions pour les jolies femmes, penchants pour le luxe, goûts qui ne se démentiront jamais.

Fin de l'été 39. Les Ginsburg s'installent à Dinard, où Joseph pianote classiques et airs à la mode, sous contrat, au casino municipal… La routine. Mais éclate la guerre. Durant cette « drôle de guerre », les enfants sont en classe dans la station normande. Après la débâcle, la famille retourne s'installer à Paris, où elle sent monter l'antisémitisme. Olga, femme de tête, prend les choses en mains et refuse d'aller déclarer ses enfants et son mari au commissariat, comme le prescrivait la loi vichyste. Confrontée aux difficultés d'être juif en ville pendant cette période d'Occupation, la famille se réfugie dans la Sarthe. Lulu dessine des châteaux forts et des Mickey. Ils retrouvent Paris en juin 1942. Le jeune Lucien, malade (péritonite tuberculeuse), guérit grâce au professeur Debré. En ces temps de restriction, Olga retourne, une fois par semaine, en train, s'approvisionner en volailles et légumes dans la Sarthe, grenier de l'Occupation. Menaces nazies et épreuves. « C'est quand même dur pour un p'tit gars de porter l'étoile jaune », dira-t-il plus tard, et il exorcisera en chantant (dans le sulfureux album *Rock Around the Bunker*) :

Je porte la Yellow Star
Difficile pour un juif
La loi du struggle for life.

Joseph est contraint de fuir en zone libre avec un ami musicien et avec Olga, sous une fausse identité – Guimbard (presque Gainsbarre). Il emmène les enfants du côté de Limoges. Le jeune Lucien développe sa passion pour le dessin. Perquisitions, arrestations : il est choqué par la Milice française. Avec un certain sens de la survie et une forte détermination, Olga sauve, à plusieurs reprises, sa petite famille.

Où commence la vie d'un homme ? 1946. Lucien vient d'abandonner l'architecture aux Beaux-Arts. Ce qui déçoit son père. Il rêve, il vit dans son monde, mais ne travaille pas assez le piano. Sur ses conseils, pour gagner sa vie, il passe à la guitare, que lui enseigne un Gitan. Joseph lui dégotte des petits boulots où il gratte des airs de Django Reinhardt dans les bals, dancings et bar-mitsva. Tout en poursuivant ses fantasmes de peintre… sans succès. Mais il y croit et persiste jusqu'en 1957.

Où commence la vie d'un homme ? Pendant plus de dix ans, Lucien Ginsburg, adulte, hésitera entre musique et peinture avec un vrai penchant pour l'art majeur. Dès 1953, il écrit ses premières chansons avec un certain Paul Alt, un nouvel ami qui monte des numéros de strip-tease sur les Champs-Élysées. Lucien et Paul écrivent dans les bistrots de la porte Dauphine et déposent leurs premiers titres, des chansons d'amour, à la S.A.C.E.M. ; Ginsburg en signe les compositions sous le pseudo « Julien Gris » (presque le nom du peintre cubiste Juan Gris). Ils tentent leur chance auprès de vedettes de l'époque, Tino Rossi, Juliette Gréco... attirés par le succès et la célébrité. Fiasco. Le premier interprète de Lucien n'est pas vraiment une vedette de la chanson, mais Lucky, ancien boy de Mistinguett, travesti chez Madame Arthur, un cabaret où s'encanaille le Tout-Paris. Et, certains soirs, dans un bar de la Rive gauche, Lucien déclame de la poésie comme cette *Nuit d'octobre* d'Alfred de Musset, sur un prélude de Chopin... Sur le mode « bohème-Rive gauche », soirées et nuits chaotiques s'enchaînent sans horizon très sûr.

Où commence la vie d'un homme ? Pour Lucien Ginsburg, qui vient de changer son nom pour celui de Serge Gainsbourg, c'est en 1956, lors de sa rencontre avec Boris Vian, le plus génial des Germanopratins. Il l'écoute sur une scène : « J'encaisse ce mec, blême sous les projos, balançant des textes ultra-agressifs avec sa voix acide... J'en prends plein la gueule et je me dis : je peux faire quelque chose là-dedans. »

Il file chez Philips, où Boris Vian occupe le poste de directeur artistique adjoint, aux côtés de Jacques Canetti, et lui présente ses œuvres. À l'époque, la chanson à texte tient le haut du pavé. Sous ses airs inquiétants de Kafka, yeux étirés en amande, Gainsbourg étonne avec ses premiers textes insolites, drôles, teintés d'humour noir, et sa voix bizarre. Sa première chanson, *Le Poinçonneur des Lilas*, qu'il scande de sa manière si particulière, à la fois langoureuse et rythmée, est un pur chef-d'œuvre. Suivent *Du jazz dans le ravin*, *Ce mortel ennui* :

Ce mortel ennui
Qui me vient
Quand je suis avec toi...

L'auteur de *L'Écume des jours* est emballé, mieux, dithyrambique : « Ce ne sont pas seulement le music-hall ou le vedettariat qui sont concernés, mais l'essence même de l'art musical et parolier. Gainsbourg apporte tout en faisant semblant de n'apporter rien. D'où la portée historique de l'événement :

l'anti-chanteur est né [...]. Gainsbourg réalisera probablement la séparation des âges dans la musique. D'ici à peu d'années je suppose, on dira, pour confirmer la différence : "avant que vienne Gainsbourg" et "après que Gainsbourg est venu". » Ça s'appelle avoir de la vista, ou de la prémonition.

Voyeur de première

Ginsburg, Gainsbourg, Gainsbarre. Qu'il fût l'un ou l'autre, Serge Gainsbourg fut toujours Lucien Ginsburg, l'homme qui voulait être peintre. Les dernières années de sa vie, son désir le plus aigu fut sans doute d'exécuter un tableau. Un seul. Un chef-d'œuvre. Il ne le fit pas. Quelques mois avant de rejoindre Baudelaire, Huysmans, Tzara, Brancusi, Topor, Roda-Gil et quelques autres aimés sous les acacias de Montparnasse, il m'avait confié : « Les images, je les ai écrites, plaquées sur des symboles musicaux, c'est là mon drame. Peintre, j'aurais fait une œuvre. »

Art majeur/art mineur – Ginsburg/Gainsbourg. La dualité fut rude sa vie durant ; même si, en 1967, il abandonne définitivement les pinceaux. À quarante ans, déjà parmi les premiers gros revenus de la S.A.C.E.M, il choisit de vivre à la Cité internationale des arts, qu'il baptise « C.I.A. ». Son cynisme et son sens inné de la dérision ne cacheraient-ils pas l'échec du peintre ? Même si cette déception de l'Art, avec un grand A, a fait de lui un artiste. Sans entrer dans ce débat, disons que, avec des Trenet ou des Gainsbourg, la chanson devient art, un point c'est tout. Art populaire, certes. Mais n'est-ce pas aussi là sa force ?

À vingt ans, il se disait : « Je serai Courbet ou je ne serai rien. » Au départ, le jeune Lucien rêve d'ateliers, de modèles, de couleurs, d'odeurs de térébenthine, de chevalets… Lucien aspire à devenir peintre. Il fait tout pour cela, il en fait peut-être même trop, jusqu'au cliché (de l'époque), comme fumer la pipe, ou exiger de sa toute première épouse, Élisabeth Levitsky, de savoir recevoir en femme de grand artiste. Lucien songe à la notoriété, à la reconnaissance et à la gloire. Il rêve de devenir artiste et de grand art (ce qu'il proclamera sa vie durant

– arts mineurs *vs* arts majeurs), sans trop bien savoir comment s'y prendre. La réalité lui offre une vie de bohème. Le Louvre devient le champ de ses fantasmes. Il peut s'y rendre plusieurs fois par semaine et dialoguer avec les grands. Raphaël : « J'aurais adoré peindre en gants blancs dans des palais. » Léonard : « Le génie à l'état pur ! Il possédait, entre autres, une science unique de la lumière. Zyeutez un peu la gradation des ombres… » Giotto : « Chaque centimètre carré suinte la rigueur de la foi. » Il n'a pas son pareil pour exprimer son sentiment face aux maîtres. Il a un regard. C'est – évidemment – du pur Gainsbourg.

Quand je lançais Gainsbourg sur le sujet, rien ne pouvait l'arrêter. Le téléphone de la rue de Verneuil avait beau sonner, le petit Lulu pouvait pleurer dans les bras de sa maman Bambou planquée dans la cuisine… Ses secrets sur la peinture, ses stigmates de peintre contrarié, il ne les confiait à personne. Il fallait lui lâcher quelques pistes, alors il pouvait partir des heures durant à commenter *Adam et Ève* de Lucas Cranach, subjugué par la finesse de leurs courbes, ou encore l'image de saint Sébastien, le corps criblé de flèches.

Tout cela le fascinait et l'émerveillait. Sans le savoir, il était un éclaireur fabuleux et sensible, mais bien mieux que cela, avec son vocabulaire, ses envolées quasi lyriques, un Malraux à sa manière. Il avait une vision de l'art pictural et un don pour la partager. Du Louvre, il connaissait ses salles, ses chefs-d'œuvre, ses gardiens. Régulièrement et presque jusqu'à sa mort, il retourna au temple qui n'avait pas voulu de lui. Exorcisme. Là, il était guide sensible, historien d'art vivant, emporté, flamboyant. Lors de nos quelques visites, il se métamorphosait : plus de poses, plus de cigarettes. « On devrait se déchausser avant d'entrer au Louvre. » Lieu saint qui lui provoquait, me dit-il encore, jusqu'à « la jouissance physique ». En s'y rendant à pied, il stoppait net devant la vitrine de Sennelier, boutique spécialisée dans le matériel d'artiste peintre, commentant une boîte de couleurs, des pigments rares, un cadre ou même un banal chevalet de bois blanc. Son regard n'était pas celui d'un professionnel, mais celui d'un enfant émerveillé.

Avant de vouloir devenir peintre, le jeune Serge avait désiré être un artiste. Et il l'était. Sans d'ailleurs soupçonner à quel point. Et sans très bien savoir quel artiste sommeillait en lui. Son père Joseph, qui lui-même s'était rêvé peintre, avait abandonné cette ambition après avoir égaré une toile dans un train. Le Transsibérien, ajoutait Serge, jamais à la traîne d'une légende. Je ne le croyais pas, mais il en avait l'air si convaincu : « Tout cela se passait un peu avant la Révolution. On lui a piqué sa toile et il s'est juré de ne plus jamais toucher à la peinture. Il s'en est tenu là et m'a dit : “Mon p'tit gars, tu feras de la peinture” ; et à treize ans, il m'a pris la main et m'a emmené à l'Académie de Montmartre – transformée aujourd'hui en cours de danse. »

Puis le petit Lucien suit des cours à la Grande Chaumière. Peintre donc. Mais, très jeune, il est sous l'emprise d'autres grands appels. La musique, mais pas seulement. Dès douze ans, il veut être architecte. En septembre 1945, il s'inscrit aux Beaux-Arts comme élève libre afin de préparer « archi » : l'enfant qui dessinait des buildings sur ses cahiers d'écolier pourrait assouvir sa passion. Mais « largué » en maths, l'année suivante, il doit renoncer. En 1947, changement de cap : il suit des cours de solfège et d'harmonie à l'École normale de musique de Paris fondée par Alfred Cortot. C'était choisir sa voie.

Dessin, peinture, gouache, crayon, pinceau, il est tenté, comme tous les jeunes élèves, par toutes les techniques, avec une faiblesse, ou plutôt un avantage, pour le dessin à la plume à l'encre de Chine, comme en témoigneront, plus tard, les rares portraits préservés de la destruction, notamment celui de Jane exécuté pour la pochette du CD *Amours des feintes*. La balafre qui en fait l'originalité est due à un accident de la plume qui s'est cassée ! m'avouera le modèle.

En 1950, Lucien Ginsburg est moniteur au foyer des enfants de déportés de Champfleur, à Mesnil-le-Roi, près de Maisons-Laffitte, une institution de rattrapage pour rescapés des camps nazis. Quand il a fini ses journées avec les jeunes enfants de six à treize ans, il étudie des tours de magie dans un manuel d'illusionnisme. L'illusion, ça peut être utile. Sinon il peint des paysages, ou des portraits, comme celui de son compagnon de l'époque, Gérard, faux Clark Gable.

En 1953, son père le presse de trouver un boulot et l'oblige à accepter des engagements de piano-bar. « Ça a été dur, je faisais les boîtes de nuit. Mon père était fauchman, et je me devais de gagner un peu de blé. En fait, c'était un alibi. Les lumières des ateliers sont sublimes à six plombes du mat'. Comme je faisais les bars, c'était foutu pour la peinture. » Plus tard, il me dira : « C'est une histoire de désertion flagrante. » Le « musicien de complaisance » devient aussi, pour boucler les fins de mois, arrangeur coloriste qui aquarelle les photos de stars exposées dans les halls d'entrée des cinémas de quartier. Celui qui savait, pour un franc la photo retouchée, rehausser d'une tache de rouge les lèvres de Marilyn, celui qui donnait une touche d'éclat aux pendentifs d'Ava Gardner.

De ses prouesses anciennes, il se souvient : « J'étais capable de dessiner à l'encre de Chine une aiguille à coudre avec les pleins et les déliés, chas inclus. » Doit-on le considérer comme un amateur, lui qui consacra treize ans – treize ans ! – de sa vie à la peinture et au dessin ? Impossible de l'imaginer autrement. Parmi ses profs, André Lhote, « professeur magnifique et excellent technicien », qui le juge doué mais indiscipliné. Quand Serge parlait peinture, il ne cessait d'évoquer son « initiation », fier de son prof Lhote, lui que les études secondaires n'avaient guère intéressé. Ses cours étaient constitués de théorie, de visites aux musées et d'exercices commentés. Il eut aussi Fernand Léger, maître du cubisme social, chantre des métallos et des gros bras qu'il trouvait trop « lourd » à son goût. Jugement à l'emporte-pièce, facile mais pas si faux...

Dans le roman qu'il publia en 1980, *Evguénie Sokolov*, le narrateur, tourmenté par d'intempestifs vents, dit aussi : « Je jugeais mes correcteurs avec un dédain secret malgré le renom qu'ils avaient obtenu de leurs travaux personnels, n'appréciant ni le néo-classicisme des uns, ni le modernisme rétrograde des autres, ni cette façon dont je me devais de les appeler "Maître" comme un nègre du dix-septième siècle, et ce n'est que beaucoup plus tard que je leur sus gré de m'avoir initié à un art aussi noble. » Sans doute l'auteur songeait-il à Lhote et à Léger.

Dans les rares œuvres de Lucien Ginsburg que j'ai retrouvées, une dizaine tout au plus, j'y ai discerné un artiste qui se cherchait, sans style propre, sans signature, quelqu'un qui tâtonnait dans les méandres et l'obscurité de sa quête. Sa manière saute allègrement de Gauguin à Kisling. En mai 1986, Juliette Gréco m'a dévoilé une charmante petite huile signée Ginsburg, qu'elle conserve précieusement. Quand j'en ai montré la reproduction à Serge, il n'a pu retenir ses larmes. Le tableau représente deux enfants : « Moi et ma sœur dans un bac à sable. » On songe à Bonnard pour le sujet et même l'exécution.

Éternel apprenti, il n'a jamais su se départir de la technique gauche du copiste qui plantait inlassablement son chevalet devant

Le Radeau de la Méduse. Copier Géricault, copier Delacroix, copier le Titien, copier Courbet. Copier, copier pour mieux apprendre. Combien a-t-il peint de toiles, exécuté de dessins ? Nul ne le sait. Lui-même répondait par un vague « J'ai tout détruit... ». Que sont devenus ses ballons cubiques, ses lapins à damiers, ses cochons bleus et autres fantasmes embryonnaires auxquels l'auteur d'*Evguénie Sokolov* fait allusion ? Qu'importe. Ce qui comptait, c'était sa volonté de faire durer son rêve, sa passion, jusqu'à ses dernières années, où il me disait : « Je ferai une toile, une seule, ultime. » Mais, au fond de lui-même, il connaissait la réponse. Et cet échec intérieur l'attristait malgré tous les disques d'or. Et de voir aujourd'hui ses rares œuvres flamber sous le feu des enchères le ferait sans aucun doute sourire.

Lucien Ginsburg finit donc par abandonner la peinture « par lâcheté », c'est son mot. Et par se réfugier dans ce qu'il appelait l'art mineur. Quand, plus tard, il joue au photographe avec Bambou (*Bambou et les Poupées*, 1981), quand il met en scène, avec plus ou moins de bonheur, des longs métrages, c'est l'œil du peintre qui s'exprime encore. Ce qui est intéressant dans le cas Gainsbourg, c'est son acharnement, cette façon de persévérer, jusqu'au renoncement pour la chanson en 1957. Courbet avant trente ans, sinon rien : « Je me suis dit : si à trente ans, je ne réussis pas, j'arrête. » Passer des tubes de couleur aux « tubes » de la chanson : c'est ce que Serge Gainsbourg me confia, entre autres, dans l'interview « Propos sur l'art », fruit de longues conversations sur l'« art majeur » que nous eûmes entre 1986 et 1990. Dans ces moments-là, Lucien renaissait et Gainsbourg s'effaçait. Ce Ginsburg-Gainsbourg, plus secret que le provocateur des dernières années, était un sacré « voyeur de première ».

Paroles & musique

La conscience et la constance du mot pour le mot, Serge Gainsbourg les a cultivées jusqu'à ses derniers textes, qu'il n'a pas eu le temps de mettre en musique. Rendez-vous était pris pour un enregistrement à La Nouvelle-Orléans, en mars 1991. Titre de travail : *Moi m'aime bwana*... « Je ne pensais jamais musique, je pensais mots », confiait-il dans son interview pseudo-posthume à Bayon pour *Libération*. Un lacanien (Lacan était son voisin, rue de Lille) s'amuserait facilement avec le sire Gainsbourg : « Je pansais maux. » Facile, certes, mais si juste en ce qui concerne notre poète.

Ses mots-clés, ses phrases à tiroirs, son sens du double sens, ses allers-retours du français à l'anglais, sa modernité et sa nostalgie, sa potacherie et sa culture, sa dérision et son humour, sa (fausse) dureté et sa tendresse, Gainsbourg est tout cela à la fois, tout et son contraire, un agent double du verbe. L'amour, le sexe, l'alcool, la difficulté d'être, la nuit, la misogynie, la provocation, l'argent… Son œuvre se bâtit sur cette succession de paradoxes. Et sur une constance dans ses thèmes, comme tout auteur.

Thèmes qu'il abordait aussi bien dans ses chansons que dans ses interviews ou dans les aphorismes dont il raffolait (« Je suis né sous une bonne étoile. Jaune »). Avec une sage application à casser (caser ?) tous les tabous. Là aussi est sa force : savoir forcer les tabous, en parler avec légèreté et humour, les distiller dans le temps. Ainsi, il abordera l'amour physique, l'érotisme, le racisme, la sodomie, Dieu, le nazisme, l'homosexualité, l'inceste…

Pour son premier album, *Du chant à la une !* (curieux jeu de mots), le directeur artistique de chez Philips, qui l'avait repéré au cabaret Milord l'Arsouille, Denis Bourgeois, avait eu l'insolite idée de demander à l'écrivain

Marcel Aymé un texte qui figurerait au dos de la pochette :

« Serge Gainsbourg est un pianiste de vingt-cinq ans [en réalité, il en a déjà trente] qui est devenu compositeur de chansons, parolier et chanteur. Il chante l'alcool, les filles, l'adultère, les voitures qui vont vite, la pauvreté, les métiers tristes. Ses chansons, inspirées par l'expérience d'une jeunesse que la vie n'a pas favorisée, ont un accent de mélancolie, d'amertume et souvent la dureté d'un constat. Elles se chantent sur une musique un peu avare où, selon la mode de notre temps, le souci du rythme efface la mélodie. Je souhaite à Gainsbourg que la chance lui sourie autant qu'il le mérite et qu'elle mette dans ses chansons quelques taches de soleil. »

Sous le soleil exactement. Sa carrière est un anticyclone, quasi permanent, malgré les coups de blues, les coups de cafard, les coups de grisou. Si l'homme finira miné par la conjonction tabagisme-éthylisme, pris à son propre piège d'autodestruction et conscient de l'être, il n'a pas vraiment connu d'éclipses, depuis ses premiers pas Rive gauche sous l'heureux astre Boris Vian. À ses débuts, coincé dans son complet noir, il aligne des chansons aux balancements classiques, maîtrise, métrique et histoires parfaites. La rime est riche, les mots sonnent juste.

Le joyau de cette première grande période est évidemment son premier succès. On ne s'en lasse pas. Inspiré d'une discussion avec un véritable employé de la R.A.T.P. que Serge croisait à la station Porte-Dauphine, c'est *Le Poinçonneur des Lilas*. Un chef-d'œuvre, un classique intemporel qui vaut en quelques vers tout Karl Marx. Petite piqûre de rappel :

Le gars qu'on croise et qu'on n' regarde pas
Y a pas d' soleil sous la terre
[…] *des gars s' la coulent douce à Miami*
Pendant c' temps que je fais l' zouave
Au fond d' la cave
Paraît qu'y a pas de sot métier
Moi j' fais des trous dans des billets
[…]
Des trous d'seconde classe
Des trous d'première classe […].

Les Frères Jacques, Hugues Aufray, Jean-Claude Pascal se mettent eux aussi aux p'tits trous. Fort de ces reprises et d'un succès d'estime, Gainsbourg reçoit le prix de l'Académie Charles-Cros en 1959.

S'ensuit, en 59 toujours, un deuxième 25-centimètres, où il rend hommage à son parrain Boris Vian disparu, en posant pour la pochette en costume-cravate et pistolet… « Eh ! claqueur de doigts, joue-moi plutôt du black trombone »… Au passage, il salue Musset (*Nuit d'octobre*) : « Je sais qu'il ne m'en tiendra pas compte. » Flop. En revanche, tous les interprètes réclament du Gainsbourg, de Juliette Gréco à Pia Colombo, sans oublier Philippe Clay…

Pour son troisième 25-centimètres, *L'Étonnant Serge Gainsbourg* multiplie les références à ses maîtres, avoués ou pas : Baudelaire, Ronsard, Prévert, Nerval, Hugo… Les feuilles mortes de *La Chanson de Prévert* seront ramassées par Michèle Arnaud, Cora Vaucaire, Isabelle Aubret et même Gloria Lasso. Gainsbourg devient l'obligé de la chanson française. Et l'artiste passe son temps à composer pour les autres.

En 1963, avec *Gainsbourg confidentiel* (et qui le reste), très jazz, il s'interroge : le raz-de-marée U.S. déferle sur la France et va s'installer pour un moment. Rock'n'roll ! Et période yé-yé. À Denise Glaser, au cours de l'un de ses « Discorama », en 1963, il s'inquiète de son âge : « Je me faisais du souci de ne jamais être dans "Salut les copains". J'étais le vieux schnock. C'était dur. C'était très dur pour le moral. » À la déferlante yé-yé, il répondra par *Le Temps des yoyos* :

S'il me faut taire
Ma mélancolie
Pourquoi en faire
Une maladie…
Mais si tout change
Je n'ai pas changé.

Le message est on ne peut plus clair et l'artiste saisit la vague.

Avant la période France Gall, Gainsbourg signe un autre de ses grands standards, *La Javanaise*. Chanson subtile, très élaborée musicalement. Violons classiques et guitares électriques (arrangements de Harry Robinson) : c'est la préférée de l'auteur. « J'avoue j'en ai bavé pas vous »… avant d'engranger le blé des socquettes blanches. Il est sorti de sa période Rive gauche. Il est plus âgé que la Nouvelle Vague et, dans la France gaullienne des années soixante, il détonne avec son look plus anglo-saxon que français et sa tronche décalée.

Entre Antoine, Dutronc et Johnny, il ose *Qui est* in, *qui est* out *?*. Puis en 1966 *Docteur Jekyll et Mister Hyde*, au son anglais. Ce qui différencie Gainsbourg des autres, c'est qu'il interprète des chansons ciselées par lui, paroles et musique. Il y a aussi un son Gainsbourg. Il a la chance dès ses débuts de savoir s'entourer des meilleurs arrangeurs. Alain Goraguer écrit, « à l'ancienne », une partition pour chaque instrument. Un orfèvre dont on reconnaît la signature comme on reconnaîtra celle, plus tard, sur *Melody Nelson* et *L'Homme à tête de chou*, de Jean-Claude Vannier, à qui l'on doit les fameuses valses de *Melody*. Sa vie durant, Gainsbourg a toujours su choisir les meilleurs musiciens, anticipant les modes, et il a su aussi emprunter aux meilleurs ce qui lui convenait.

Quelques hommages dissimulés ou non, quelle importance ? En vrac. *Baby Alone in Babylone*, mélodie d'une grande finesse : 3e mouvement de la IVe Symphonie de Brahms. *Bébé gai*, toujours interprété par Jane B., en 1974 : *Rêves d'amour* de Franz Liszt. Encore une de Jane post-Verneuil, *Lost Song* : *Peer Gynt*, suite n° 2, opus 22, de Grieg. Un petit cadeau pour Charlotte, *Lemon Incest* : opus 10, n° 3, en mi majeur, de Chopin. Sans oublier, mais comment l'oublier ?, le refrain d'*Initials B. B.*, extrait de la *Symphonie du Nouveau Monde* d'Anton Dvorák. Emprunts ? Citations ? Hommages ? Quelle importance ? Au hasard, les Aphrodite's Child ont bien fait un tube avec le *Canon* de Pachelbel… Héritage paternel, réminiscences du fils d'un pianiste de bar, Lucien connaît ses classiques.

Côté textes, on peut aussi s'amuser à décrypter ici ou là des inspirations. Tenez, pour ne pas quitter Bardot, *Harley Davidson* :

La trépidation excitante des trains
Nous glisse des désirs dans la moelle des reins.

C'est du Alphonse Allais repris par Guillaume Apollinaire dans *Les Onze Mille Verges*. De toutes ces références, son public se moque, parfois même les ignore. Gainsbourg fait du Gainsbourg, *basta* !

Quand on apprécie Gainsbourg, comme je l'apprécie, il est difficile de privilégier tel ou tel morceau parmi toutes ses chansons, près de 500 au total. Chez lui, tout s'écoute, tout est plaisir et surprises. Mais voilà, il y a un Gainsbourg, tout de même, qui se détache ; après la période disons « *Poinçonneur-Javanaise* », il y a deux albums-concepts, *Melody Nelson* (1971) et *L'Homme à tête de chou* (1976), qui sonnent très anglo-saxon. Entre ces « disques-romans », peut-être les plus grands de toute son œuvre, s'intercalent deux 33-tours très singuliers. La pochette de *Vu de l'extérieur* (1973) montre Serge au milieu de photos de gorilles, de macaques et autres singes. Le titre phare, *Je suis venu te dire que je m'en vais*, très parnassien, annonce, prématurément, la rupture avec Jane. Et d'autres merveilles : *Par hasard et pas rasé*, *Sensuelle et sans suite*, *Pamela Popo*, *Hippopodame*, etc.

L'album *Rock Around The Bunker* rassemble des textes d'une finesse et d'un humour subtils, jamais douteux :

J'entends des voix off
Qui me disent Adolf
Tu cours à la catastrophe
Mais je me dis bof
Tout ça c'est du bluff

ou encore le délicieux *S.S. in Uruguay*, à siroter avec une paille :

Sous le soleil duraille
Les souvenirs m'assaillent
Aïe ! Aïe ! Aïe !

Il y a des couillonnes
Qui parlent d'extraditionne
Mais pour moi pas questionne
De payer l'additionne.

Des vannes rock sur fond d'imagerie naïve nazie : lui seul pouvait se le permettre.

Revenons, ou plutôt venons-en à *L'Homme à tête de chou*, album sans concession, où il utilise dans l'intro le *talk-over* pour la première fois, style qu'il reprendra par la suite et dont il fera même un « label Gainsbourg ». Il n'a pas son pareil pour poser ses mots sur sa musique. Tous les morceaux – paroles et musique – sont chiadés. Alan Hawkshaw dirige les arrangements. Il faudrait tout citer, il est difficile d'en choisir un extrait. Allez, au hasard, de mémoire :

Elle était entre deux macaques
Du genre festival à Woodstock
Et semblait une guitare rock
À deux jacks
L'un à son trou d'obus,
[l'autre à son trou de balle…

Et encore :

Un soupir au menthol
Ma débile mentale
Perdue en son exil
Physique et cérébral
Joue avec le métal
De son zip et l'atoll
De corail apparaît
Elle s'y coca-colle
Un doigt qui, en arrêt
Au bord de la corolle [...]

Et ainsi de suite, à l'infini ou presque...

Ça vaut tous les romans qu'il n'a pas écrits, toutes les toiles qu'il n'a pas peintes. Quel complexe de créateur peut-on avoir quand on a écrit ces vers ? Qui d'autre que lui a eu cette audace ? Il fallait avoir son esprit et sa connaissance littéraires. Qui d'autre dans ce milieu du show-biz ? « Que des blaireaux ! » disait-il.

Un jour, donc, il croise, à deux pas de chez lui, dans la vitrine de la galerie Paul-Facchetti, ce fameux *Homme à tête de chou*, sculpture de Claude Lalanne. Hypnotisé, il reviendra le voir et le revoir jusqu'au jour où il l'acheta *cash*. « Au début, il m'a fait la gueule, ensuite il s'est dégelé et m'a raconté son histoire : journaliste à scandale tombé amoureux d'une shampouineuse assez chou pour le tromper avec des rockers. Il la tue à coups d'extincteur, sombre dans la folie et perd la tête qui devient chou... », précise-t-il, au moment de la sortie de l'album. Fort heureusement la critique, unanime, salue la performance de l'artiste. Mais, comme pour *Melody*, le public boude. Alors qu'aujourd'hui il est entré dans la légende pop-rock avec précisément ce L.P.

À chaque disque, Gainsbourg se remet musicalement en question, à l'affût de nouvelles sonorités. Quand il choisit de bosser à Kingston, en Jamaïque, avec les rastas de Bob Marley, ce n'était pas gagné d'avance. Qui, en 1979, dans la France de Giscard, écoutait du reggae ? *Aux armes et cætera* est enregistré en six jours. « Six jours à 400 à l'heure ! » Pour la promo, il accompagne son album de ce texte : « Et je rêvais de Jamaïque, de sa musique sur laquelle si aisément on peut cracher ce que l'on a, instinctive, animale, pure et contestataire, violente, sensuelle et lancinante, si proche de l'Afrique, si loin du gris anglais et du bleu ciel de Nashville et L.A. [...] »

Tempo reggae donc pour *La Marseillaise*, « chanson la plus sanglante de toute l'histoire », devenue chant universel. Avant d'acquérir le manuscrit original de Rouget de Lisle, un scandale éclate, déclenché par *Le Figaro Magazine*. Qui crie à l'outrage de l'hymne national, non sans quelques relents antisémites. Puis des paras tenteront de faire annuler son concert à Strasbourg. Voilà le provocateur provoqué. Gainsbourg répond, courageux, sur scène, poing levé. Au-delà de cette *Marseillaise* sauce reggae, le disque contient des merveilles (*Vieille canaille*, *Lola rastaquouère*, *Marilou reggae*...) et fait danser la nouvelle génération. Gainsbourg a gagné son pari, et ses tournées en France font salle comble.

Arrive maintenant le dernier Gainsbarre, celui des années quatre-vingt. En novembre 1981, il sort *Mauvaises nouvelles des étoiles*, titre emprunté au dessin de Paul Klee accroché au mur de son salon. Dans *Ecce Homo*, il prévient :

Eh ouais c'est moi Gainsbarre
On me retrouve au hasard
Des night-clubs et des bars
Américains, c'est bonnard.

Durant cette dernière période, celle où je l'ai rencontré, il est en état de dérision et de provocation permanent. Ce n'est plus Gainsbourg mais bien Gainsbarre. Et chacun sait que, quand Gainsbourg se barre, Gainsbarre se bourre… Il livre deux albums, *Love on the Beat* (1984) et *You're Under Arrest* (1987). Pris à son propre piège, on le voit partout à la télévision, dans la presse, sur les radios ; il occupe les médias.

C'est devenu son passe-temps favori. C'est, plus que jamais, le temps des « 102 » et, toujours, de la Gitane sans filtre (jusqu'à cinq paquets de cigarettes par jour fumées au tiers) et de la provocation systématique. Bref, un peu beauf, avec ses blagues de comptoir et ses drogues autorisées. « Si je pratique la surenchère, c'est parce que je n'ai plus de temps à perdre », s'excuse-t-il. Passons sur les *best of* que la télé diffuse chaque année (le Pascal en flammes, Whitney Houston offusquée, etc.). Durant ces années-là, il renvoie une certaine image de la France, pays déjà un peu dépassé mais avec ses fulgurances, ses gloires anciennes, un brin de culture tout de même. Ses provocations étaient très françaises en fin de compte, dans ce pays qui sort des années Giscard et espère de Mitterrand.

Dans les années quatre-vingt, il triomphe au Casino de Paris, au Zénith. Il plaît aux nouvelles générations. Jamais Gainsbourg n'a goûté autant aux joies du succès. Devenu populaire, il appartient au patrimoine national. Il le sait. Un après-midi de 1986, il me dira : « Tu sais que tu as devant toi un mythe vivant ? » Que dire ? Un éclat de rire m'avait sauvé. Son public allume des milliers de briquets. Pudeur perdue, il ne retient pas ses larmes et chiale pour un oui, pour un non. Comment lui en vouloir ? C'était sa revanche à lui, le Juif immigré, le peintre raté, le papy des yé-yé… Nostalgie camarade. À la fin, épuisé, il confiait, en privé : « Je suis fragile et désabusé. J'ai tout eu et je n'ai rien. L'idée du bonheur m'est étrangère. Je ne cherche qu'une seule chose, la pureté de mon enfance. »

Amours des feintes

Il les a toutes fait chanter. Le don Juan cultivait l'érotomanie, mais pas la pornographie. Collectionneur, Gainsbourg épingla à son tableau de chasse les femmes comme l'auteur de *Lolita*, Vladimir Nabokov, les papillons. Son œil de chasseur impénitent savait repérer les plus beaux spécimens, côté ville comme côté scène. Entre deux albums personnels, il se fait tailleur pour dames, jeunes adolescentes, femmes mûres, inconnues ou stars. Il privilégia leur beauté à leur voix. Leurs murmures, il s'en charge, il n'a pas son égal pour faire chuchoter ou expirer ces dames. Il sait les faire s'abandonner et les soupirs l'inspirent. Après ses premiers succès, les plus sublimes, les plus renommées, les plus craquantes se tenaient prêtes à susurrer en studio, guidées par le maître expert en art mineur.

Il ne cessa tout au long de sa carrière de cultiver son personnage de tendre misogyne. En voici quelques perles : « Il faut prendre les femmes pour ce qu'elles ne sont pas et les laisser pour ce qu'elles sont » ; « Disons que, pour la femme, je suis un mâle nécessaire et, pour moi, elle est bien inutile… »

Dès ses premières chansons, il ose :

Bien sûr il n'est rien besoin de dire
À l'horizontale,
Mais on ne trouve plus rien à se dire
À la verticale.

Ce mortel ennui, 1958.

ou encore :

Dans tes yeux, je vois mes yeux
T'en as d'la chance
Ça t'donne des lueurs d'intelligence.

Indifférente, 1959.

Il confiait qu'il devait beaucoup à la gent féminine ; et cela, malgré une misogynie avouée. Et surtout, il était prêt à tout pour un bon mot, comme lorsqu'il appela Catherine Deneuve « d'occasion » après l'avoir fait chanter, comme les autres... Ce qui lui valut une fâcherie avec la star dont il était fier d'exhiber le télégramme d'explication – il est vrai que l'album s'intitulait *Souviens-toi de m'oublier.*

La première à ouvrir le bal des interprètes, dès 1958, se nomme Michèle Arnaud. Ça démarre fort avec *La Femme des uns sous le corps des autres* et *Jeunes filles et vieux messieurs.* On lui reproche ces titres, mais Gainsbourg n'est pas l'inventeur de l'adultère, non ? Juliette Gréco enchaîne en 1959 (*Il était une oie*). Suivent Catherine Sauvage, Gréco encore avec la première et magnifique *Javanaise* et un bijou, *Les Petits Riens*, avant d'arriver au phénomène France Gall. L'explication de ce parti pris est simple et mathématique : « Quand j'écris douze titres pour moi, deux passent à la radio ; quand je signe douze titres pour douze interprètes différents, les douze sont des succès », déclara-t-il à la présentatrice Denise Glaser, en 1966, à qui il fit une réplique restée fameuse : « J'ai retourné ma veste lorsque je me suis aperçu qu'elle était doublée de vison. »

France Gall, donc, à qui il conseille de ne pas écouter les idoles et de *laisser tomber les filles*. Une manière de participer au mythe yé-yé par le deuxième degré. C'est bien sûr d'abord *Poupée de cire, poupée de son*, qui obtient le Grand Prix de l'Eurovision en 1965, avant de goûter à la suavité perfide des *Sucettes à l'anis*. Puis il plonge Petula Clark dans *La Gadoue*, fait monter Mireille Darc en *Hélicoptère*, laisse à Nana Mouskouri ses *Yeux pour pleurer*, propose à Isabelle Aubret *L'Amour à trois*, fait trier à Régine *Les P'tits Papiers* avant de lui suggérer : *Ouvre la bouche et ferme les yeux*, alors que Valérie Lagrange fait *La Guérilla*, ce qui donne *Boum Badaboum* avec Minouche Barelli, Michèle Torr dit *Non, à tous les garçons*, Nico s'en tire par un *Strip-tease*.

Mais c'est Dalida qu'il *préfère naturellement*. À Françoise Hardy, sur un audacieux exercice de style en « ex », le maître chanteur indique *Comment te dire adieu*. Alors Marianne Faithfull, l'ex-compagne de Mick Jagger, s'interroge entre *Hier ou demain*. Anna Karina prête non seulement son prénom, sa voix, mais aussi son physique dans *Anna*, une « télé-comédie musicale » avec Jean-Claude Brialy, réalisée par Pierre Koralnik. À cette occasion, l'égérie de Godard (Ah ! *Pierrot le fou* !) nous précise de sa voix cassée :

Sous le soleil exactement
Pas à côté, pas n'importe où.

Non, vraiment pas n'importe comment.

Et comment oublier le *Pull marine* tout déchiré au coude au fond de la piscine d'Isabelle Adjani, assorti d'un réel aveu de la star :

Et je n'aurai plus qu'à mettre des verres fumés
Pour montrer tout c'que j'veux cacher.

Après vous avoir mis *L'Eau à la bouche* (1964), passons à Brigitte Bardot, qui, la première, sut exalter la saveur des paroles de celui par qui un scandale arriverait trois ans plus tard : c'est, bien sûr, *Je t'aime... moi non plus*, première version, chantée par elle. L'histoire de ce titre emblématique se mêle à leur histoire d'amour tout court. Leur première rencontre remonte à 1959 sur le tournage d'un nanar, *Voulez-vous danser avec moi ?*. Gainsbourg ne dirait pas non, mais la star vient d'épouser Jacques Charrier. Il attendra 1963 pour lui composer *L'Appareil à sous* et *Je me donne à qui me plaît*. Un message ? Sans doute, mais B. B. ne se livre pas encore.

En attendant, il l'a fait souffler dans des *Bubble Gum* et prendre *Les Omnibus*. Pour un show télévisé de fin d'année, filmé par François Reichenbach, il lui fait échapper un chapelet d'onomatopées, lui colle une perruque brune, et elle de faire des bulles dans son *Comic Strip*. Look d'enfer : le corps glissé dans un justaucorps lilas, les jambes gainées en cuir, chaînettes d'or autour des cuisses et de la taille... Ce qui donnera :

> *Jusques en haut des cuisses*
> *Elle est bottée*

Et c'est comme un calice
À sa beauté.

Initials B. B.

Sublime. Il sait que Brigitte Bardot, dans la splendeur de ses trente ans, n'a besoin de personne puisqu'il lui fait chevaucher une *Harley Davidson*.

C'est au cours d'un de ces shows que la *love affair* avec Bardot prend corps. Est-ce durant la terrible histoire de Clyde Barrow et Bonnie ? Genèse de la chanson : « Je dîne avec Bardot et sciemment je me pète la gueule. Elle m'appelle le lendemain et me demande pourquoi j'ai fait ça. Moi, silence du genre "J'étais terrassé par ta beauté". Elle me dit ceci : "Écris-moi la plus belle chanson d'amour." Dans la nuit, j'ai écrit *Bonnie and Clyde* et *Je t'aime... moi non plus*... Je t'aime... moi non plus, parce que je ne peux pas dire je t'aime », confia-t-il. L'idylle fusionnelle dure trois mois. Sans savoir que la sortie de la première version – torride – de la chanson mettrait un terme à leur belle histoire. Le mari de Brigitte Bardot,

Gunter Sachs, n'apprécia pas. Gainsbourg, en gentleman, fit passer au pilon tous les exemplaires du microsillon. Résultat : la presse en fait ses choux gras. Quand Jane l'interpréterait l'année d'après, le blé n'aurait qu'à lever... Derrière le scandale qui attira les foudres du Vatican, il y a une chanson d'une délicate poésie :

Comme la vague irrésolue...
Tu es la vague,
Moi, l'île nue...
L'amour physique est sans issue.

De ses nombreuses histoires d'amour, des histoires sensuelles et sans suite, Serge Gainsbourg a décidé de n'en inscrire que trois à son panthéon, les trois B : Bardot, Birkin, Bambou. Oubliée Élisabeth Levitsky, qui partagea les années bohèmes depuis les cours de peinture avec André Lhote jusqu'à ses débuts au cabaret Milord l'Arsouille. Pas assez photogénique. La deuxième femme dont il ne parle pas est Françoise Pancrazzi, fille d'un riche industriel, qu'il épousa en 1964.

Ils eurent deux enfants, Natacha et Paul (né en 1968), juste avant de se séparer... Cette cellule ne réapparaîtra plus publiquement, comme par entente tacite. Après la belle et créative histoire avec Jane, il croisera dans une boîte de nuit, L'Élysée-Matignon, un jeune mannequin aux traits eurasiens, née au moment de ses premiers succès. Cette beauté frondeuse, c'est Caroline von Paulus, qu'il baptisera Bambou. « J'ai pas de famille et, depuis le temps que je le vois à la télé, je me disais que j'aimerais bien un papa comme lui. » Il l'entraînera d'ailleurs avec lui dans ses apparitions télévisées, lui offrira une jolie chanson qu'interprète Alain Chamfort :

Bambou voyage par la pensée
Elle est près de moi, mais m'a déjà quitté
Tous les silences de Bambou
Hurlent dans ma tête et me rendent fou.

Elle l'appelle « mon p'tit papa ». Il lui offre un enfant, le petit Lulu, né en janvier 1986. Serge en est dingue, il le fera même monter sur la scène du Zénith.

Pour Bambou, il écrit un album, *Made in China*, plutôt funky, où elle pleure le *Yang-Tsé*. L'accueil est réservé. Leur album de photos *Bambou et les Poupées* est un discret et bel hommage à l'artiste surréaliste Hans Bellmer.

L'autre grand amour de sa vie, c'est Charlotte. Il le déclarera, à sa manière, pudiquement et publiquement, avec *Charlotte for Ever*, un disque qu'il ajuste aux mesures de sa fille, et dans le film homonyme. Puis viennent la chanson et le clip *Lemon Incest*, qui flirtent avec l'interdit.

Que cherchait Gainsbourg : montrer un fantasme ou, encore une fois, faire couler l'encre des journaux ? Voilà, jusqu'à la fin, celui qui se trouvait laid aura eu toutes les plus belles filles à ses pieds, jusqu'à Vanessa Paradis pour qui l'orfèvre accepta d'ajuster ses textes sur les musiques d'un autre compositeur, Franck Langloff, qui créa *Joe le taxi* avec Étienne Roda-Gil. Comme s'il avait enfin découvert la Lolita qu'il avait cherchée toute sa vie.

5 bis, rue de Verneuil

Si vous passez devant le 5 bis, rue de Verneuil, votre regard ne manquera pas de se perdre dans la forêt de graffiti qui couvre la façade et parfois même celle des voisins. Des messages d'amour. On les efface, on donne un coup de peinture, ils finissent toujours par refleurir. Combien, dix ans, quinze ans, vingt ans après la disparition de l'idole ? Peu importe. Serge Gainsbourg reste à jamais présent dans le cœur de milliers (millions ?) d'admirateurs. Il ne possédait pas d'autre demeure que cet « hôtel particulier » du VIIe arrondissement. L'artiste l'a façonné à son image, et il est difficile d'imaginer ce décor, car il s'agit d'un véritable petit théâtre, sans lui. Un écrin créé à son image. Pour en apprécier toutes les subtilités, il convient d'ouvrir le roman de Joris-Karl Huysmans, *À rebours* : s'y tient tout entière la clef de son décorum. Il suffit de lire, ou de relire, ce bréviaire de l'esprit décadent, écrit à la fin du XIXe siècle, pour saisir la « Gainsbourg attitude ».

Son personnage, mais aussi son cadre de vie, doit beaucoup à des Esseintes, le héros kierkegaardien de Huysmans. Hanté par l'angoisse, il incarne toutes les névroses, les plaies et les inquiétudes d'un siècle finissant. Chez des Esseintes comme dans son adaptation gainsbourienne, il demeure un je-ne-sais-quoi de pathétique qui relève de la mélancolie, mais passons. Dans la légèreté de l'air des années soixante, il suffisait de peu pour épater la galerie.

L'esprit yé-yé dominait, et même si ces années-là allaient déboucher sur Mai-68 et ses conséquences, qui se souciait, dans le milieu du show-biz, des fantasmes du dandy huysmanien ? L'esthétique du romancier décadent avait beau s'écarter de l'« explosive beauté » de l'art – Huysmans la retrouverait plus tard dans la foi (il se convertit d'ailleurs à la paroisse Saint-Thomas-d'Aquin, l'église la plus proche de la rue de Verneuil), notre chanteur fut frappé par la prose de celui qui avait, lui, trouvé ses racines dans le *René* (1802) de Chateaubriand. Mais la création n'est qu'une longue et inépuisable chaîne, n'est-ce pas ?

Serge Gainsbourg possédait un exemplaire d'une édition ancienne d'*À rebours*, usée, aux pages écornées à force d'avoir été lues et relues. C'était sa bible, son modèle et sa référence secrète. Il pouvait en réciter des passages par cœur à qui voulait l'écouter. Et parfois, lors de conversations, il lui venait certains mots, certaines expressions qui s'en échappaient directement. *Evguénie Sokolov*, son unique œuvre littéraire, à l'écriture ultrasophistiquée au point d'en devenir grotesque, est un caprice littéraire digne d'un des Esseintes, en partie empli par les obsessions de notre héros.

Evguénie Sokolov, c'est son des Esseintes à lui, son *À rebours*. Diarrhée pompeuse, cette apologie du pet n'est qu'une curiosité style XIXe, totalement décalée à la fin du siècle suivant. La couverture de ce L.N.I. (livre non identifié) est noire. Noir : cette non-couleur est la préférée de Gainsbourg. Noir du tissu dont il tend les murs de son repaire de la rue de Verneuil. Noir dont il teinte son humour.

Citons Huysmans : « Ce qu'il voulait, c'étaient des couleurs dont l'expression s'affirmât aux lumières factices des lampes ; peu lui importait même qu'elles fussent, aux lueurs du jour, insipides ou riches, car il ne vivait guère que la nuit, pensant qu'on était mieux chez soi, plus seul, et que l'esprit ne s'excitait et ne crépitait réellement qu'au contact voisin de l'ombre ; il trouvait aussi une jouissance [...] que connaissent les travailleurs attardés alors que, soulevant les rideaux des fenêtres, ils s'aperçoivent autour d'eux que tout est éteint, que tout est muet, que tout est mort. »

C'est de l'ambiance anthracite créée par des Esseintes à l'extérieur de sa maison pour fêter son retrait du monde et faire le deuil de la vie urbaine que s'inspire le dandy chanteur pour son intérieur : « Dans la salle à manger tendue de noir, ouverte sur le jardin de sa maison subitement transformé, montrant ses allées poudrées de charbon, son petit bassin maintenant bordé d'une margelle de basalte et rempli d'encre et ses massifs tout disposés de cyprès et de pins, le dîner avait été apporté sur une nappe noire garnie de corbeilles de violettes et de scabieuses, éclairée par des candélabres où brûlaient des flammes vertes et par des chandeliers où flambaient des cierges. »

Quand Serge m'ouvrait sa porte, j'avais la désagréable sensation de pénétrer à l'intérieur d'un catafalque, impression très vite corrigée par l'humeur du maître des lieux, paradoxalement assez joyeuse, quoique teintée d'une sourde mélancolie. Cette sensation de s'introduire dans une chapelle se renforçait l'hiver, quand le maigre jour ne pénétrait même pas par l'unique fenêtre donnant sur l'étroite cour intérieure.

Ce rez-de-chaussée de forme oblongue rehaussé d'un étage, ce que Serge nommait son « hôtel particulier », comme dans *Melody*

Nelson, n'était, en fait, qu'une ancienne boutique que son père Joseph Ginsburg avait découverte. Dans une lettre datée du 13 janvier 1968, celui-ci écrit : « Il y a quinze jours, je lui [à Serge] téléphone et je lui dis : "Si tu veux visiter une petite maison charmante, il faut le faire tout de suite. – Donne-moi l'adresse !" » Littéralement charmé, Serge appelle son père pour lui dire que la maison lui a plu et qu'il y retournera pour la visiter à la lumière du jour. Gainsbourg s'y rend avec Brigitte Bardot – peu de temps avant qu'elle ne parte pour tourner *Shalako* au sud de l'Espagne et qu'ils ne rompent. À la vue de la star, l'agent immobilier se serait exclamé devant les autres acheteurs potentiels : « C'est vendu ! C'est vendu ! »

Dans la foulée de l'acquisition, Serge Gainsbourg entreprit des travaux qui durèrent plus d'un an. Il a déjà une idée très précise de la transformation de sa maisonnette, et s'il fait appel à une décoratrice en vogue à l'époque, plutôt spécialisée dans le genre anglais, Andrée Higgins, c'est pour parfaire son écrin.

C'est elle qui, sachant se plier aux exigences de son client aux goûts bien définis, lui dégotta par exemple un singulier fauteuil de dentiste XIXe : « Je ne sais s'il avait des idées noires, mais il m'a demandé de lui faire la maison tout en noir, déclara-t-elle. Il voulait vivre dans un univers Bardot : il avait fait encadrer les photos sublimes, grandeur nature, signées Sam Levin, et dans le couloir menant à sa chambre, il avait projeté de disposer une série de photos plus petites, en noir et blanc, éclairées sous des angles inattendus. À l'arrivée de Jane, il les échangea pour des portraits de Marilyn. Il voulait même des abat-jour noirs et des voilages noirs aux fenêtres. » Et la décoratrice de poursuivre : « Je me souviens d'un coup de fil de son père me disant : "Serge est complètement fou, dites-lui de changer de couleur !" Il se laissa convaincre pour les rideaux, mais il fallut faire même les waters en noir... Un jour, il revient avec un lustre haut de deux mètres et me dit : "Il faudrait mettre ceci dans la salle de bains." Je lui explique qu'il ne pourra plus accéder à la baignoire, et il me répond : "Aucune importance, de toute façon, je ne me lave jamais !"[1]»

Toutefois, son total décor en noir parsemé d'œuvres d'art, de bibelots et de photos ne doit pas tout au roman *À rebours*, il s'inspire aussi de l'appartement de Dalí, boulevard Saint-Germain, que l'artiste a découvert. Lors de l'un de nos premiers entretiens, pour *Globe*, en 1986, il me dit : « J'ai eu les clefs de l'appartement de Dalí par une gonzesse avec qui j'étais à la colle à l'époque, secrétaire à temps perdu du poète surréaliste Georges Hugnet, dont tous les initiés savent qu'il s'est fait par la suite démolir le portrait par Breton. J'entre dans un univers d'une ineffable beauté, puant le luxe à plein cul. Et là, j'ai tringlé la gamine comme un malade avec à mes pieds des Miró, des Ernst, des De Staël, des Rouault et des Picasso à tout-va. J'y ai passé quelques nuits sublimes, y découvrant le luxe et la splendeur. Déterminant pour mon goût du luxe, de l'absurde, et

1 Cité par Gilles Vernant, *Gainsbourg*, Albin Michel/ *Rock & Folk*, 1992.

la forme future de mes appartements. Il y avait ce lit carré de trois mètres sur trois où je n'ai pas arrêté de tringler, et que j'ai fait refaire à l'identique. Cette chambre recouverte de toiles de maîtres non encadrées (la classe… !). Ce salon tout entier tapissé d'astrakan. Et tout était noir. C'est pour ça que c'est noir chez moi aussi, ça m'a marqué à vie. Cette salle de bains avec un drap tendu à l'ancienne sur la baignoire. Ces centaines de petits flacons et objets inutiles… J'avais dix-neuf ans. Je faisais de la peinture, et c'était hallucinant. »

À l'instar de son modèle Huysmans, il déclarerait désormais : « J'ai le culte de l'inutile. » Au point que le visiteur qui passait le seuil du 5 bis, rue de Verneuil, de plain-pied, avait le sentiment d'être soudain plongé dans le capharnaüm d'un antiquaire, au dallage vénitien – travertin clair et cabochons noirs – disposé suivant un agencement savant et codé.

C'était dans cet antre ténébreux que Serge Gainsbourg cultivait son spleen, qu'il entretenait détresse et solitude. Il recevait les journalistes dans le salon, prenant le soin, selon les intérêts de son interlocuteur, de mettre en valeur tel ou tel objet. Disques d'or accrochés au mur ou posés sur un pupitre, œuvres d'art, vanités en ivoire, seringue hypodermique en argent, flacons de parfum au verre gravé et guilloché, coupures de presse encadrées sous verre, jouets anciens, singes mécaniques en fer ou en peluche, rats en bronze, montres de gousset, statuettes érotiques, appareils photo et objectifs rares, cannes à pommeau sculpté, un catalogue d'armes à feu, dent géante de poisson-scie...

Le plus saisissant, et cela donnait le ton, et à certaines le frisson : un écorché de carton-pâte, flanqué de la fameuse sculpture en bronze de Lalanne, *L'Homme à tête de chou*, accueillant les invités... Tout était choisi avec minutie, chaque chose, chaque objet avait sa raison d'être, sa signification, que commentait, avec force anecdotes et non sans plaisir, le maître des lieux, si on l'interrogeait. Chaque objet tenait un espace précis. Il ne cessait de les remettre en place, obéissant à une mystérieuse gestuelle maniaque qui relevait d'un ordre quasi divin. C'était son musée personnel, dont il était l'unique conservateur et le gardien. Un éclairage particulier et directionnel mettait en valeur chaque élément, comme s'il s'agissait d'une véritable œuvre d'art, même si ce n'était que la « une » d'un journal. Je lui avais d'ailleurs demandé s'il aurait aimé qu'à sa mort on transformât sa maison en musée. Cela l'amusait et flattait son ego, bien sûr, mais il convenait que les lieux étaient trop exigus, et il craignait la « chourre »... La plupart de ces objets n'étaient pas de grande valeur, mais ils présentaient un intérêt au titre de curiosités. D'œuvres d'art véritables, il n'avait que « son » Dalí, une encre de Chine, *La Chasse aux papillons*, un tableau de Paul Klee, *Mauvaises nouvelles des étoiles*, et une scène d'intérieur, petit format, d'une école flamande.

Gainsbourg, généreux de nature, adorait, telle une maîtresse de maison fière de son intérieur, faire visiter sa demeure – au total quelque cent vingt mètres carrés. Il passait ses journées, dès son lever vers onze heures du matin, toujours vissé dans le même coin d'une banquette vénitienne aux accoudoirs ailés terminés par une tête d'aigle.

Entre ses visites, ponctuées de la mitraille téléphonique (les portables n'étaient pas encore de ce monde), il se levait pour aller dans la petite cuisine attenante, située tout au fond du salon-musée, préparer des « 102 » (double pastis 51 servi sans eau mais avec glace) ou des cocktails plus sophistiqués qu'il s'était fait enseigner par les barmen des meilleurs établissements de Paris. La cuisine, aux murs recouverts de carrelage du métro parisien blanc (original, non ?) où il prenait ses repas, seul, à une table en verre, assis sur une chaise de jardin en métal.

Un étroit escalier recouvert d'une moquette noire aux motifs nénuphars conduisait à l'étage. On y trouve une bibliothèque de petite taille, où, derrière un immense fauteuil victorien en acajou et cuir brun, s'alignent des éditions rares. Huysmans côtoie Francis Picabia (*Jésus-Christ rastaquouère*), la bio d'un autre dandy, Raymond Roussel, un album consacré à Marilyn, des classiques aux reliures rouge et or, des dictionnaires, etc. La salle de bains cultive flacons précieux, parfums et miroirs. Un pas de côté et on se retrouve dans la fameuse chambre aux poupées de Jane, lieu de recueillement et de pénitence où Jane s'isolait après les disputes, au milieu de ses poupées de cire et de son…

Enfin, un étroit couloir conduit à la chambre du maître, où l'on marche presque sur le lit calqué sur celui de Dalí. Des portes fenêtres s'ouvrent sur une mini-terrasse dévorée par le lierre, où les jours d'été nous prenions des Gibson ou des « 102 ».

La visite du 5 bis, rue de Verneuil, s'achève et, une fois la porte refermée, on songe à une prison dorée. C'est le lieu qui lui ressemblait le plus, celui où les pompiers, appelés par Bambou qui n'avait plus de ses nouvelles depuis la veille, l'ont retrouvé mort, dans sa cuisine…

My Chérie Jane

Difficile d'imaginer Gainsbourg sans Birkin et Birkin sans Gainsbourg. Leur couple devenu mythique a rejoint le panthéon des histoires d'amour célèbres. On connaissait Héloïse et Abélard, Sand et Chopin, Elsa et Aragon, pour ne citer que ceux-là, désormais le XXe siècle comptera, à jamais, Gainsbourg et Birkin. Le Pygmalion a « travaillé » en ce sens. Il a peaufiné et soigné l'image de son duo afin de se situer dans ce palmarès des amours sulfureuses. L'artiste possède le sens de l'histoire et du mythe. Sans doute attendait-il le grand amour. Car, comme dans tout ce qu'il entreprend, il reste sincère. Et même s'il sait mettre en scène son amour et faire partager ses frasques au plus grand nombre grâce à la complicité des médias (qui en redemandent), il est honnête avec lui-même. Juste avant de rencontrer la petite Anglaise, il a souffert de sa difficile séparation avec Brigitte Bardot. Et c'est l'amoureux abandonné et blessé qui, pour tenter de sortir de son histoire d'homme plaqué par le sex-symbol, se distrait en changeant de fille tous les soirs.

Nous sommes en février 1968, quelques semaines seulement avant les barricades, et Gainsbourg déclare qu'il aimerait découvrir une fillette de douze ou treize ans pour la façonner, pour créer son personnage. Grand amateur du romancier Vladimir Nabokov, songeait-il à Humbert Humbert et à sa Lolita ? Il se dit prêt à faire passer des milliers d'auditions, s'il le faut. Il n'en sera rien. Son salut arrive par miracle, comme souvent. Il lui est même offert sur un plateau. Et ce miracle s'appelle Jane Birkin.

Elle n'a pas treize ans mais vingt et un, est la mère d'une délicieuse Kate depuis un an, qu'elle a eue avec John Barry, grand compositeur de musiques de films, couronné d'oscars à Hollywood. Elle vient de tourner *Blow Up* avec Michelangelo Antonioni. Elle y tient un petit rôle déshabillé et s'ébat au côté d'une autre fille dans des rouleaux de papier sous l'objectif d'un photographe. Elle est déjà peut-être malgré elle une figure naissante du *Swinging London*.

Le responsable de leur rencontre se nomme Pierre Grimblat, ex-animateur de radio à France Inter qui se lance alors dans le cinéma. Celui-ci cherche un acteur qui serait en quelque sorte son double dans une histoire autobiographique : il pense à Serge. Pour le rôle féminin, il songe à Marisa Berenson, un des plus jolis top models de la planète, qui tournera en 1972 avec Luchino Visconti dans *Mort à Venise*, puis avec Stanley Kubrick dans *Barry Lindon*, mais cela ne se fait pas. Grimblat auditionne dans plusieurs capitales et c'est à Londres qu'il tombe sur une fille qui porte une ultra-minirobe. « Elle avait les jambes tordues comme pas permis. "Vous êtes vraiment obligée de montrer des jambes pareilles ?" Elle répond à son agresseur, du tac au tac : "Non, pas si vous me payez l'opération." »

Son sens de l'humour lui vaut de remporter le rôle. La suite se déroule moins bien. L'histoire ne commence pourtant pas sous les meilleurs auspices. Quand on annonce à Jane Birkin que Gainsbourg sera son partenaire dans le film, elle saisit mal son nom et l'appelle « Bourguignon »... Avant de tourner un bout d'essai avec ce « Bourguignon », le metteur en scène l'entraîne chez Serge, plus exactement chez ses parents, où celui-ci s'est réfugié. Ils le surprennent en pleine interview, en train de faire écouter au journaliste *Je t'aime... moi non plus* sous un poster de Bardot, justement. Jane le prend pour « un poseur, avec sa chemise mauve ». Gainsbourg se permet de souligner qu'il ne comprend pas comment une Anglaise qui ne parle pas un mot de la langue de Molière peut accepter un rôle en France. Après les premiers *rushes*, il doit reconnaître qu'elle a du talent. En fait, d'après Pierre Grimblat, « c'était son ego qui en avait pris un coup : tourner avec une inconnue... ». Elle, timide et têtue, le juge « arrogant et sûr de lui », et se rend compte que, de toutes les façons, elle ne l'intéresse pas.

Mai explose. Grimblat attend juin pour lancer son *Slogan*. Début de tournage tendu entre les deux acteurs. Jane pleure dans sa loge, trouve son partenaire exécrable, égoïste et épouvantable avec elle sur le plateau. Le metteur en scène craint que cette tension ne pèse sur son film. Il les invite à dîner chez Maxim's afin de dédramatiser. Sciemment ou pas, il « oublie » de s'y rendre. Le face-à-face se transforme en un jeu de séduction. Elle comprend que derrière les agressions de Serge se dissimule un grand timide, un romantique et un hypersensible. Lui aussi tombe sous le charme de la ravissante fille en minijupe… L'idylle se poursuit à Venise, comme il se doit, mais toujours pour le tournage du film.

Entre-temps, Jacques Deray la choisit pour le deuxième rôle féminin de *La Piscine*, aux côtés de deux grands séducteurs du cinéma français, Alain Delon et Maurice Ronet… et de Romy Schneider. Gainsbourg, jaloux de Delon, rivalise dans la démesure et dans l'humour. Il loue une immense Cadillac, où s'entasse la nouvelle famille. Jane est avec sa petite Kate âgée d'un an, nurse, landau ficelé sur le toit... Serge se moque de lui-même : « Ma limousine ressemble à une caravane arabe. » Derrière le masque du cynisme, Jane découvre l'humour et l'entrain de Serge, ciment de leur relation. Avec lui rien ne paraît sérieux. La vie semble facile comme des après-midi d'adolescents faits d'insouciance. « Il était plus âgé que moi et me faisait sentir si jeune ; il m'a redonné une nouvelle vie, une nouvelle enfance », dit-elle.

Cette enfance semée d'éclats de rire et partagée avec Kate, puis avec Charlotte (née en 1971), fait dire à Serge qu'il a trois filles. Gainsbourg, doué dans le rôle de Pygmalion, modèle Jane, qui se prête au jeu avec plaisir. Avec elle, il a trouvé la petite fille – un peu plus âgée que prévu – qu'il cherchait pour la transformer en un personnage provocant. Minirobe transparente, panier en osier, attitude décadente, déclarations sulfureuses sur le mode érotique *soft*, le couple qui écume les boîtes de nuit jusqu'au matin blême fait fureur. Désormais, le grand public a adopté

Jane l'Anglaise et son accent savamment entretenu. Serge s'est chargé des présentations :

Signalement
Yeux bleus
Cheveux châtains
Jane B.
Anglaise
De sexe féminin
Âge : entre vingt et vingt et un…

Il fait directement allusion à Dolorès Haze, la Lolita de Nabokov dont il prenait plaisir à citer des extraits par cœur à ses visiteurs. Quant à la musique de cette chanson, il s'inspire sans vergogne d'un prélude de Chopin… Et signe paroles et musique : Gainsbourg. Là aussi réside un certain génie. Du post-modernisme en quelque sorte. Ce sera la face B d'un 45-tours vendu, depuis sa création, à près de 8 millions d'exemplaires. Le titre de la face A est *Je t'aime… moi non plus*. La lucidité gainsbourienne y éclate : « L'amour physique est sans issue. » Malgré certaines critiques (« bluette lascive en soupirs majeurs écrite pour Brigitte Bardot, mais récupérée avec une exquise ingénuité érotique par Birkin... »), le duo s'arrache et devient un succès mondial enregistré en une dizaine de langues. L'ère Gainsbourg-Birkin est lancée. G. le Maudit sort de la marginalité. Enfin !

Fort de sa fortune, il s'offre un joyau, une des perles rares de toute sa carrière. Le diamant se nomme *Histoire de Melody Nelson*. C'est un hommage à Jane et à Nabokov. Le lancement paraît assuré. Un de ces coups de pub dont Gainsbourg a le secret. Des affichettes noires recouvrent les sens interdits des rues de Paris. Elles disent : « Melody Nelson, qu'est-ce que c'est ? De la pub, toujours de la pub. Pour qui ? Une rouquine de quatorze ans, une petite fille pubère, née dans les brouillards de Londres, sortie vivante de l'imagination de Serge Gainsbourg. Qui emprunte sur la pochette le visage, le corps un peu nu de Jane Birkin, sa femme... »

Voilà, tout est dit. C'est le premier « concept-album » français. Une histoire, une seule, presque un conte fantastique, un souffle à la Heredia. Quant à la musique, sans concession sinon une valse et une ballade « pour aider à la programmation musicale », elle est arrangée et dirigée par l'excellent Jean-Claude Vannier… sans qui l'album ne serait pas ce qu'il est. *Melody Nelson*, si somptueux et original soit-il, est un échec commercial : seulement 22 000 exemplaires vendus. Mais, aux yeux des experts, Gainsbourg le créateur a regagné ses galons. Aujourd'hui encore *Melody* demeure l'album culte, référence absolue de plusieurs générations de *pop-singers*.

Deux ans après, en 1973, Jane chante *Di-doo-dah*, et c'est un tube. Elle y déclare : « J'ai je n'sais quoi d'un garçon manqué… » Avant de creuser ce filon au cinéma, Serge lui signe un autre succès, *Ex-fan des Sixties*, où elle exerce son timbre acidulé en égrenant les destins brisés de l'histoire du rock'n'roll.

Elle grandit une nouvelle fois grâce à son Pygmalion. Le terrain de cette métamorphose est le tournage du film *Je t'aime… moi non plus* (1975), premier film underground français, premier (et meilleur) long métrage de Gainsbourg, porté sur les fonts baptismaux du septième art par François Truffaut en personne, inspiré de l'avant-garde new-yorkaise (Warhol et Morrissey). C'est l'amour impossible et la passion d'un jeune homosexuel pour une fille, serveuse dans un snack-bar perdu au milieu de nulle part. Ainsi naît le « concept » de l'être androgyne incarné par Johnny-Jane. Silhouette et allure sublimées jusqu'à aujourd'hui, notamment à travers la panoplie jean-tee-shirt-baskets, plus que jamais de mise. Le film provoque, la critique fait grise mine et le public boude. *Je t'aime... moi non plus* entre dans la légende, *Les Cahiers du cinéma* et les cinémathèques s'en emparent.

Serge rêve de refaire le coup de *Je t'aime... moi non plus*, la chanson, en inventant une nouvelle danse érotique. Ce sera *La Décadanse* : le couple danse enlacé, la fille tournant le dos à son partenaire. Il s'agit d'un slow lancinant sur un mode quasi liturgique. Si une fille accepte cette « décadanse », vous pouvez penser qu'elle est déjà dans votre lit. C'est, en tout cas, ce que je croyais à l'époque, mais ça ne marchait pas forcément… C'est aussi un fiasco pour Serge. Le public et la critique y voient un coup de mauvais goût. Raté.

Au fil des douze années de bonheur familial passées rue de Verneuil, Serge a composé et écrit le répertoire de Jane, notamment *Baby Alone in Babylone*, une merveille qui compte onze titres, dont des petits chefs-d'œuvre : *Les Dessous chics* et *Fuir le bonheur de peur qu'il ne se sauve*, titre emprunté à Francis Picabia.

Au terme de ces douze années, c'est Jane qui se sauve, emportant avec elle enfants, larmes et bagages et abandonnant son Pygmalion, lasse de la tournée des grands ducs et des cuites de celui qui se proclame désormais Gainsbarre. La chambre aux poupées, son refuge lors des coups de gueule, lui semble trop étroite. Après son départ, il conserve la pièce en l'état, la fait visiter, des trémolos dans la voix, et c'est lui qui vient désormais y noyer son chagrin. Il m'a avoué que, certaines nuits, il se projetait *Slogan* sur le plafond de la chambre. La nostalgie, camarade… En 1987, il lui offre *Lost Song* :

De nos amours éperdues
Notre émotion s'est perdue.

Puis il lui dédie *Amours des feintes*, un an avant de s'effacer, comme un dernier message :

Le temps ne peut-il s'arrêter
Au feu de nos passions
Il les consume sans pitié
Et c'est sans rémission.

Vers que Jane souffle désormais sur (presque) tous les continents en un acte d'amour infini.

Stations Gainsbourg

Son chemin de croix fut les bars et les night-clubs de Paris. Partout il avait ses rites et ses habitudes. Des barmen s'en souviennent encore. Le préposé aux plaques commémoratives de la Ville de Paris devrait avoir fort à faire dans les années à venir avec le dénommé Gainsbourg, Serge. Pas plus parisien que notre lascar. À commencer, bien sûr, par le 5 bis, rue de Verneuil, Paris VIIe, et en finissant par le cimetière du Montparnasse où la tombe du chanteur est l'une des plus « visitées ». Entre les deux, il y a la Cité des arts, où l'artiste vécut quelque temps, quand il était jeune compositeur ; l'avenue Bugeaud, résidence de Joseph et Olga Ginsburg, ses parents, où vit toujours sa sœur aînée Jacqueline ; le lycée Chaptal, où il suivit une partie de ses études secondaires ; la rue Caulaincourt, où il vécut, en famille, durant la guerre ; l'Hôtel-Dieu, où il est né le 2 avril 1928 ; le 35, rue de la Chine, Paris XXe, où il habita petit enfant ; le Louvre, où il copiait les maîtres... On pourrait ainsi écumer la capitale.

Mais s'il est un Paris propre à Gainsbourg *alias* Gainsbarre, c'est justement celui des bars, ou plutôt des boîtes de nuit. Pas une qu'il n'ait explorée, envahie de la fumée de ses Gitanes sans filtre. Les répertorier reviendrait à faire une « tournée des grands ducs », expression qu'employait souvent le beau Sergio. Et j'allais oublier les commissariats – ceux des VIIe, VIe et XIVe arrondissements, où il avait ses habitudes, pas son rond de serviette, non, mais plutôt ses bouteilles, qu'il apportait, whisky ou champagne, selon...

Au cours de ses tournées, stations obligatoires dans les palaces et grands hôtels. Certains lui servaient de résidence secondaire, comme le Ritz ou le Raphaël. Michel

Batrel, dernier barman du palace de l'avenue Kléber à servir l'artiste, se souvient de son entretien d'embauche : « Votre principal client sera Serge Gainsbourg », lui avait-on annoncé. Ça tombait bien, il était son idole. Au début, le chanteur garde ses distances, mais très vite la confiance s'installe entre les deux hommes. Gainsbarre finit par passer derrière le comptoir pour bien expliquer sa recette du Gibson au « petit bleu » qui lui servait d'assistant. Parfois les leçons duraient un après-midi entier, passé en expérimentations consommées sans modération. Après la leçon du docteur ès cocktails, le jeune barman savait doser à la Gainsbourg : son client passait commande « en stéréo », c'est-à-dire deux verres simultanément. Le premier, bu cul sec, le deuxième, à déguster. « Je planquais ses verres quand Jane ou Charlotte lui rendaient visite. » Michel Batrel est intarissable en anecdotes, comme tout barman qui a fréquenté le chanteur. Il se souvient de lui en train d'écrire *Variations sur le même thème* pour Vanessa Paradis : « Il cherchait des rimes en "m", j'ai bien essayé de lui proposer "louchebem", mais ça n'a pas marché, il a gardé "I.B.M." ; le vendredi soir, il remontait dans sa chambre pour le "Ciné-club" de FR3, il était fan de Robert Mitchum ; après le film, insomniaque, il redescendait pour parler avec le concierge, pour ne remonter dans sa chambre que vers sept heures. »

Un soir, Serge sort apporter quatre bouteilles de Cristal Roederer à un car de flics en faction, un autre, à un client du Koweït qui se demande qui est ce type dépenaillé. Il lui répond : « Vous connaissez Brigitte Bardot ? » L'émir opine. « *I fucked* Brigitte Bardot. » *No comment.* D'autres soirs, il débarquait en Perfecto, avec sa mallette Vuitton, lançant à la cantonade : « Y a du beau linge ce soir. »

Gilles, barman de l'hôtel Lutetia, résume : « À sa mort, tous les barmen ont perdu un bon client. » Il se souvient des années 1979-80-81, à L'Apollinaire, le piano-bar de l'hôtel Nikko qui jouxtait le restaurant Les Célébrités de Joël Robuchon. Serge y venait souvent avec Jane. « Il ne faisait pas que boire, il s'intéressait à la confection des cocktails, il en savait au moins autant que nous. » Un soir, il arrivait dans un panier à salade et invitait les flics au bar, il passait derrière le comptoir pour faire une « démo », un autre, il distribuait des « Pascal » à des balayeurs de Pigalle.

Pas une semaine sans une sortie nocturne, sans une de ses fameuses tournées. Parfois il enchaînait, sans passer par la case « Verneuil ». Après un dîner arrosé à la vodka Chez Raspoutine, les nuits s'achevaient à La Calavados, avenue Pierre-Ier-de-Serbie, aux côtés du pianiste Joe Turner, ou au Keur Samba entouré de *black beauties*. Est-ce là qu'il composa ces vers d'une métrique parfaite : « Du champ', du brut, des vamps, des putes » ?

Paris la nuit n'avait pas de secret pour lui. Il serait bien vain de vouloir mettre une plaque ici ou là. Il en faudrait à chaque carrefour. En 2019, la ligne de métro Porte-des-Lilas sera prolongée. La première des nouvelles stations sera baptisée « Les Lilas-Gainsbourg ». La R.A.T.P. lui doit bien ça, après l'hommage au poinçonneur. Un jour, peut-être, la plaque en émail de sa rue, « Duc de Verneuil – Henri de Bourbon, fils d'Henri IV », sera-t-elle remplacée par « Rue Serge-Gainsbourg, chanteur-auteur-compositeur, 1928-1991 ».

Arrêt sur images

Gainsbourg sans images ne serait plus Gainsbourg. À commencer par la sienne. Si, à ses débuts de chanteur, il en imposait par une gestuelle intériorisée, on le sentait habité par la musique des mots et par la rythmique ; c'est seulement vers la fin des années soixante – la césure Bardot – qu'il mesure la dimension et l'impact des images.

Revenons légèrement en arrière : Gainsbourg est peintre, il possède envers et contre tout cette vision, cette manière qu'ont les artistes d'appréhender l'espace : il a le sens de la mise en scène et de la composition, d'abord celle de lui-même, qui passe de la timidité à une certaine assurance. Gainsbourg, peintre raté, veut prouver, par tous les moyens, qu'il est artiste. Parce qu'il l'est et qu'il le sait, il cherche un « exutoire » à sa création et tient à l'extérioriser. Son besoin d'images passe aussi bien par ses interventions télévisuelles, ses « provocs », son attitude et sa constance d'alcoolique tabagique (« Je suis un artiste, je me détruis »), il y a une part de résurgence de l'artiste « maudit décadent » très XIXe siècle.

Cela passe par sa propre personne, son comportement, mais aussi et heureusement, sinon je n'en parlerais pas, par l'œuvre. Et comme d'autres peintres, avant lui, Maurice Pialat, Peter Greenaway ou James Ivory pour ne citer que ceux-là, mais ils sont légion, le cinéma est une variante du médium pictural, peut-être plus contemporain. S'il s'est illustré, parfois sans panache, au cinéma de trois manières – acteur, compositeur de bandes originales et réalisateur –, l'échange a toutefois été fructueux. Passons sur l'acteur de second plan qui joua le légionnaire romain en jupette dans des péplums ou dans des nanars comme *Estouffade à la Caraïbe* avec Jean Seberg (meilleure et inoubliable avec Belmondo et Godard).

Il ne considérait pas lui-même son métier d'acteur comme secondaire : « Faire des films, ça me permet de voir du pays et de faire des rencontres. » Il fit d'ailleurs la connaissance de monstres sacrés, tels Jean Gabin ou Michel Simon, avec qui il sympathisa. Quand il « figurait » dans un film, parfois dans son propre rôle, il s'arrangeait souvent pour en composer la musique ou caser une chanson. Celle du *Pacha*, avec Gabin, justement, est une réussite (*Requiem pour un con*), ou encore *L'Herbe tendre*, duo touchant, avec Michel Simon, pour le film *Sacré grand-père*. Si on ne peut affirmer qu'il avait un don de grand acteur, sa présence demeure toujours une curiosité.

En revanche, le Gainsbourg cinéaste est plus intéressant, car, que l'on apprécie ou non ses quatre films, il a su porter à l'écran ses obsessions et créer une atmosphère et une esthétique, en véritable artiste qu'il était. Gainsbourg avait le cinéma dans la peau, quoi qu'en pensent ses détracteurs.

Chez lui, rien de gratuit, rien d'innocent. Mouvements de caméra, bruitage, sans parler de la qualité des bandes-son, rien n'est laissé au hasard. Tout est fignolé et truffé de citations ou d'hommages aux plus grands. Gainsbourg connaissait ses classiques. Ses premiers pas de réalisateur ne sont d'ailleurs pas ceux d'un débutant, il signe d'entrée son meilleur film, *Je t'aime... moi non plus*, en 1975, car il a su être fidèle à lui-même. Un sujet difficile, osé, casse-gueule. On ne peut, en tout cas, l'accuser de vouloir donner dans le commercial. On y reconnaît une part de ses fantasmes. C'est un film de dérives et de sensualité. Et sans doute le premier film « trash » français.

L'histoire, donc : l'amour impossible d'un jeune homosexuel pour une fille qu'il désire sans pouvoir la combler d'une manière, disons ordinaire. Elle – Jane Birkin, *alias* Johnny –, à la beauté androgyne, est serveuse dans un snack-bar perdu au milieu de nulle part. Le héros s'appelle Krass, c'est tout dire, joué par l'interprète du cinéma underground new-yorkais, Joe Dallesandro. Krass, donc, rend fou de jalousie son ami Padovan

(Hugues Quester). Ils forment un couple de jeunes camionneurs unis par le partage de leur libido. Les scènes sont magnifiques dans leur dureté et leur violence.

Au-delà du scandale, le film, d'une grande poésie désarmée, d'un lyrisme brutal, est riche en significations. Le message de Gainsbourg est universel et moderne : il n'y a pas de femme ni d'homme, ni une seule façon de faire l'amour ; ce qui compte, c'est la rencontre entre deux êtres.

Avec ce long métrage, que je considère comme un grand film, Jane Birkin a cassé son image de jeune Anglaise acidulée un peu godiche et prouve qu'elle est une actrice à part entière. Une – petite – partie de la critique l'encense, la majorité la vilipende : il est vrai que c'est un film que l'on aime ou que l'on déteste. Jusqu'à des menaces directes. Au moment de sa sortie, on pouvait lire sur le mur de la rue de Verneuil : « Si tu continues, on te fera la peau. » Gainsbourg répond : « J'ai toujours détesté l'eau tiède, je la préfère bouillante ou glacée. » Comment ne pas lui donner raison ?

Il faut attendre 1982 pour son deuxième essai cinématographique, qui ne sera qu'un court métrage : *Scarface*. De quoi s'agit-il ? Du remake d'une scène mémorable du film de Howard Hawks, celle de la scène de jalousie incestueuse entre le balafré et sa sœur. Scène sublimée. Lui, c'est Daniel Duval, elle, Jane Birkin, évidemment. Comme pour s'en excuser, le réalisateur déclara : « Je pouvais prendre une autre scène comme la bagarre du film, mais il m'eût fallu d'autres moyens, trente bagnoles d'époque et quatre mille policiers. » Quand on lui demande de citer ses films préférés, souvent reviennent *L'Atalante* de Jean Vigo (1934), *King Kong* de Merian C. Cooper (1933) et *Le facteur sonne toujours deux fois* de Tay Garnett (1946), mais aussi *Quand la ville dort, La Nuit du chasseur, Les Sentiers de la gloire*…

Il n'y a pas vraiment trace de ces chefs-d'œuvre dans *Équateur* (1983), son deuxième long métrage, inspiré du *Coup de lune* de Georges Simenon, un film de commande avec Barbara Sukowa et Francis Huster (qui avait déjà assuré le doublage de la voix de

Dallesandro dans *Je t'aime... moi non plus*). Film baroque, très esthétisant, très lent, qui correspondait d'une certaine manière à l'Afrique. Le long plan-séquence des pagayeurs sur l'Ogooué (7 minutes), graphiquement et rythmiquement sublime, reste dans les annales.

En 1986, pour son troisième long métrage, *Charlotte for Ever*, Gainsbourg veut une fois encore choquer le bourgeois. Il met en scène les rapports complexes père-fille, sa tendre et ambiguë complicité avec Charlotte. Inceste ? Au rendez-vous de ce sombre huis-clos, innocence et désespoir, pudeur et impudeur. Un film sensible, comme pour rattraper une enfance perdue à jamais. Dans le même temps, il offre à sa fille un album, *Charlotte for Ever*, dont le fameux duo *Lemon Incest*.

Dans son ultime film, *Stan the Flasher* (1990), dont la durée d'une heure et cinq minutes fera dire à des critiques que « les films les plus courts ne sont pas forcément les meilleurs », il ressasse ses fantasmes mis en scène jusqu'à atteindre une noire désespérance dans un microcosme décadent. Autodestruction, narcissisme, voyeurisme, impuissance… Au centre de cet univers glauque, Claude Berri dans le rôle-titre étincelle et réussit même à y être drôle. Plus soucieux de son cadre que jamais, Gainsbourg soigne ses plans au millimètre, en esthète accompli. Avec le recul, sans la pression critique et le scandale facile, on peut dire que le cinéma de Gainsbourg vient parachever l'imaginaire d'un poète qui mène jusqu'au bout ses obsessions, d'un seul et même regard. Et qu'à travers ses images, souvent violentes et décalées, perce un visionnaire. Du travail d'artiste.

Dandy des grands chemins

Qui ne connaissait pas, dans les années quatre-vingt, la panoplie gainsbourienne était atteint de cécité. C'est durant cette décennie que notre héros a conforté son style né au début des années soixante-dix. Son ensemble jean *used*, chemise de chambray, veste militaire, Repetto blanches, bref sa dégaine unique, en a fait un dandy new-look. L'appellation « dandy » est aujourd'hui largement galvaudée par les gazettes tendance et autres magazines, réduite au rôle de gravure de mode ou de porte-manteau plus ou moins chic. Il suffit de soigner un peu sa mise, et on vous colle l'étiquette « dandy » – ce qui n'est pas une insulte, bien au contraire. Combien de chanteurs, d'artistes, d'écrivains et même de journalistes sont proclamés ou, pire, autoproclamés « dandys » ! Erreur. N'est pas dandy qui veut. Soigner sa mise ne suffit pas. Le couturier Jacques Fath s'exposait en smoking, Sacha Guitry portait des chaussons d'intérieur en crocodile, ce n'est pas pour autant qu'ils furent des dandys. Derrière l'apparence doit se cacher un être qui, au-delà des poses, a des principes et traditions, même si elles sont dominées par une certaine fantaisie.

Bref, derrière l'originalité de la parure, il y a un esprit, une indépendance, un style de vie et, d'une certaine manière, la condamnation, ou tout au moins la critique, de son époque (*cf.* Baudelaire et sa *Pauvre Belgique !*). Quand la presse traita Gainsbourg de décadent, il ne pouvait qu'être aux anges. Il savait qu'il rejoignait, en choquant le bourgeois, le grand Robert de Montesquiou, surnommé « le prince des décadents » par… Huysmans. « La réalité du dandysme est humaine, sociale et spirituelle… Ce n'est pas un habit qui marche tout seul ! Au contraire ! C'est une manière de le porter qui crée le dandysme.

On peut être dandy avec un vêtement chiffonné... », écrivait Barbey d'Aurevilly dans un petit essai confidentiel, *Du dandysme et de George Brummel.*

Un de nos contemporains qui avait bien saisi la nuance du dandysme, c'est bien notre Gainsbourg. Sans jamais, bien sûr, en parler directement. Tout chez lui le hausse au sommet du dandysme. À un tel point que, plus d'une décennie après sa disparition, jeunes et moins jeunes se parent d'une veste militaire (les siennes n'étaient pas confectionnées par des stylistes) ou d'une veste à rayures tennis (les siennes, sur mesure, étaient signées Yves Saint Laurent), d'un jean effrangé dans le bas, de chemises en jean également, type *scout of America*, ou en jean délavé à pressions en nacre, se chaussent de Repetto blanches, type *modern jazz* (il en possédait plus de vingt paires dont deux noires pour aller avec son smoking Saint Laurent). Quant à la barbe de trois jours, il fut le premier, eh oui, dès 1971, à abandonner la lame Gillette, et c'est à Jane que revient cette idée. Elle trouvait les hommes plus sexy ainsi. « Je crois que j'ai eu une petite influence, c'est moi qui lui ai acheté sa première paire de Repetto dans un panier de soldes et je l'ai supplié de laisser pousser ses cheveux. Quant à la barbe, je trouve que les hommes mal rasés donnent l'impression d'avoir besoin de protection. »

Voilà, grosso modo, pour l'aspect « recherché négligé » qui caractérisait extérieurement notre homme et dissimulait un souci du détail et un perfectionnisme. Vu de l'intérieur, comme dirait Gainsbourg, il y a aussi une esthétique, voire une éthique dans l'attitude, la détermination d'imposer ses choix et son art, si mineurs soient-ils. Avant le style Gainsbourg, il y a la silhouette. Dégingandée, mais avec de la tenue, une épaule plus basse que l'autre, la gestuelle rituelle inlassablement répétée d'un clope à la main, le col de chemise (légèrement entrouverte) ou celui de la veste (jamais les deux !) toujours relevé.

Il y a quelque chose de travers dans l'allure, mais en même temps de la droiture, le menton relevé, comme le col, profil lancé en défi. Avant la dégaine Gainsbarre des années soixante-dix et quatre-vingt, il y a eu le Gainsbourg « cabaret Rive gauche » absolument strict, au physique étrange : oreilles décollées, cheveux coupés ras, paupières lourdes, son côté Philippe Clay, version timide, balbutiant, en costard impec' avec tout de même un rien canaille et un léger trait de cynisme, déjà. Après 1968, il s'est lâché mais toujours dans la dignité. Être dandy n'est pas être élégant, mais, justement, tordre le cou à l'élégance établie. Raillé à ses débuts, son look crade, chic malgré tout, est peu à peu adopté par (presque) tous. Mais n'est pas Gainsbourg qui veut. L'original est inimitable. Tenez, par exemple, il lui est arrivé aussi de sortir sans chemise, torse nu, juste vêtu de sa veste siglée Y. S. L. Impossible de ne pas y voir le fêtard qui a joué sa chemise dans quelque rade, au terme d'une virée bien arrosée. Nocturne, bien sûr. Un brin de dérision, un soupçon de désespoir. En fait, parfait. Oui, il y a une panoplie Gainsbourg que la mode n'a pas fini de repasser.

Les vieilles canailles ont la peau dure. Dandy, c'est aussi savoir transformer sa vie en œuvre d'art. Il commence par modifier son nom (Ginsburg devient Gainsbourg) et changer de prénom : Lucien pour Serge. Avançant que Lucien faisait garçon coiffeur… Ignorait-il que ce fut aussi le prénom de Leuwen, héros de Stendhal ? Après une décennie de bohème, une fois choisie sa voie de chanteur, il quitte sa femme « parce qu'elle ne correspond plus à ses canons esthétiques » (!). Faire de sa vie une œuvre d'art, donc. Avant lui, Raymond Roussel, Francis Picabia, Salvador Dalí ont montré le chemin. Chaque sortie publique est calculée. Il faut payer le prix de ses ambitions.

Un des rares luxes de Gainsbourg fut son domestique. Rien que son nom : Fulbert Ribeaut, comme « ribaud », synonyme en vieux français de débauché. Coïncidence ? Coïncidence. Un véritable aide de camp, discret mais efficace, qui même après la mort du maître, serviteur fantôme, poursuivit sa tâche jusqu'à sa propre mort, le 27 juin 1993. Il était le seul à connaître l'ordonnancement secret des objets et les habitudes de son patron, tel le vieux domestique de

Joris-Karl Huysmans qui se déplaçait sur des semelles de feutrine afin de ne pas déranger, répondait à un code strict de sonneries et déplaçait objets et livres pendant son sommeil afin de préserver son intimité. Et, pour encore rester dans l'univers confiné de Des Esseintes, son modèle *ex nihilo*, qui choisissait ses alcools en fonction d'une forme de flacon ou d'une couleur, telle cette bénédictine qu'il conservait à cause du galbe trapu de la bouteille, de son vert sombre, le tout lui semblant suggestif en pensées luxurieuses. Serge ne faisait pas saler l'eau de son bain en y mêlant du sulfate de soude, de la magnésie et de la chaux (puisqu'il disait abhorrer se laver), mais, à l'image de son héros, il hissait l'artifice au rang distinctif du génie de l'homme.

Ce qui singularise le dandy outre sa mise, c'est aussi l'esprit et le goût. Gainsbourg ne manquait ni de l'un ni de l'autre. Ses textes en sont la meilleure illustration.

Dans la vie, il nourrissait la conversation (souvent un monologue) de *Witz* et de calembours. Cela pouvait aller de mots très fins aux pires des grossièretés. Il adorait inventer des histoires apocryphes mettant en scène des personnalités, des artistes célèbres, mais j'ai parfois constaté qu'il faisait se croiser des personnes qui n'étaient pas contemporaines... Peu importe, nous partions dans de grands éclats de rire. Quant à son goût, non seulement l'amateur collectionneur d'objets précieux et de curiosités en témoigne, mais aussi ses choix graphiques pour ses pochettes. L'important est d'avoir des dégoûts, n'est-ce pas ? L'homme sait s'entourer de pointures en musique, bien sûr, mais aussi des meilleurs photographes. Qui de plus snob que Lord Snowdon, photographe de la famille d'Angleterre, qui réalisa son portrait sur une dune de sable (on le reconnaît à peine) pour la pochette recto-verso de *Aux armes, etc.* ? Et aussi William Klein, qui le déguise en travelo pour *Love on the Beat.* Et encore Helmut Newton, qui l'habille en smoking pour transporter une Jane Birkin dévêtue. Quel autre chanteur de variétés soignait, à ce point, le visuel de ses albums ? Évidemment ni les yé-yé ni même

Brel ni Ferré n'avaient rêvé pendant treize ans d'être artiste peintre...

Cette attitude dandy accompagnait idéalement son tempérament d'artiste. Serge Gainsbourg l'a compris très tôt. Sans doute même dès qu'il fréquenta la Grande Chaumière ou les Beaux-Arts. Dans les années cinquante, en dehors de Matisse et de Picasso, l'artiste le plus voyant, le plus médiatique, dont l'outrance et la fantaisie déchaînent les passions, c'est Salvador Dalí, autoproclamé génie. Son personnage extravagant, ses déclarations fulminiques, ses inventions en tout genre, ses coups de folie, tout cela séduisait le jeune Gainsbourg, apprenti peintre qui rêvait de grand art et de gloire. En Dalí, le surréaliste qui avait vendu son âme au diable, il avait trouvé un modèle. Il le suivit à sa manière, mais sans fréquenter les mêmes sentiers de la création. D'ailleurs, lorsqu'il croise le maître catalan, il jubile quand celui-ci se prête au jeu de l'authentification de son encre de Chine, *La Chasse aux papillons*.

Il suffit de se reporter à la plupart de ses thèmes et de ses centres d'intérêt pour constater la quasi-permanence de l'esprit dandy aussi bien dans sa vie que dans son œuvre. C'est ce Ginsburg-Gainsbourg, plus secret que le provocateur des dernières années, que l'on découvrira à travers un entretien qui a été – je tiens à le préciser – revu, relu et même réécrit par Serge Gainsbourg lui-même. Et désormais, au cimetière du Montparnasse, Lucien Ginsburg repose à deux dalles de la tombe de Joris-Karl Huysmans… Gainsbourg à rebours.

Propos sur l'art

SERGE GAINSBOURG. – Humphrey Bogart appelait les cigarettes des « *coffin's nails* ». Je traduis : « des clous de cercueil ». Il en est mort. Il en est mort, c'est-à-dire : cancer des poumons. Eh bien, moi, des poumons, j'en ai rien à cirer... Je vais voir, faut voir. De toute façon, on est toujours des bleus. On est des bleus à l'armée, à la maternelle, dans le lit des putes. Aussi j'étais un bleu, un petit morbleu à l'école communale de la rue Blanche... Un bleu parce qu'il y avait les grands. Au lycée, j'ai remis ça. Aux Beaux-Arts, j'étais en archi, mais j'ai fait de la peinture bien avant puisque j'ai commencé à treize ans. Là, c'était plus dur parce qu'il fallait se foutre à poil devant les gonzesses. Ensuite bleu dans le « show-bises » parce que ce sont tous des faux-culs, moi pas. C'est pour ça que j'ai fait le parcours du combattant. Ensuite, vingt ans après, dixit Dumas, j'entre chez Gallimard, je me trompe de porte : « Hé, m'sieur, ici c'est le stock, la porte des livreurs, Monsieur Gainsbourg. » Je remonte un étage ou deux et je me plante devant une gonzesse, une espère d'Américaine ou d'Anglaise assez sexy, sexe dirons-nous. Je lui dis : « Je voudrais voir Monsieur Claude Gallimard. » Elle me répond : « De la part de qui ? »... Putain, j'étais encore une bleusaille en littérature... Eh bien, je serai de la bleusaille quand je serai crevé parce qu'ils vont me dire : « Ah, t'arrives, toi, t'es un bleu, t'es un vert et nous, on est blanchi. » Cela dit, on ne va pas passer à Goya immédiatement.

FRANCK MAUBERT. – Non, on ne va pas faire le tour du cadran de l'histoire de l'art. J'aimerais que vous racontiez vos débuts aux Beaux-Arts.

S. G. – Mes débuts sont assez étonnants. J'ai donc commencé à treize ans. Et c'est mon papa que j'ai perdu comme j'ai perdu ma maman. Il est normal de perdre ses parents à mon âge, mais c'est effrayant. C'est impardonnable. Mon père avait fait de la peinture en Russie. C'est une histoire hallucinante, vraiment « russkoff ». Il avait exécuté une toile représentant une femme qu'il avait aimée, et peut-être baisée, qui sait ? Hélas, il a été très peu explicite sur cette affaire. Il a pris le Transsibérien et on lui a fauché cette toile pendant son sommeil. Tout cela se passait un peu avant la Révolution. On lui a piqué sa toile et il s'est juré de ne plus jamais toucher à la peinture. Il s'en est tenu là. Il m'a dit : « Mon fils, mon p'tit gars, tu feras de la peinture » ; et à treize ans, il m'a pris par la main et m'a emmené à l'Académie Montmartre – transformée aujourd'hui en cours de danse. Oui, j'y suis retourné, ça m'a fait un mal de chien, c'était la guerre et sur un autre chevalet, à un mètre de moi, se tenait un officier S.S. Imagine la scène, une fille à poil et un connard hyperfringué aux ordres du Nombre d'or. J'avais pour professeurs deux petits maîtres Fauves, pas dégueu, Camoin et Jean Puy. Un peu plus tard, j'ai eu l'initiation avec Lhote.

F.M. – Petit maître cubiste mais grand théoricien.

S. G. – On l'appelait le coiffeur. Je ne sais pas trop pourquoi. Son *Traité* a longtemps été mon livre de chevet. Il me disait : « Ne mélangez pas un blanc de titane avec un jaune de cadmium ou un blanc de zinc avec une laque de garance ou un bleu céruléen. » J'ai eu aussi Léger comme prof, mais je n'allais pas à ses cours, sa peinture me faisait chier.

F. M. – Pourquoi n'aimez-vous pas Léger ?

S. G. – Un peu lourd à mon goût.

F. M. – Quant à Lhote, on peut le suivre au pied de la lettre…

S. G. – Ouais, ouais, c'était un garçon charmant qui était assez intrigué par ce que je composais. J'imagine que j'étais là, sans le savoir, un metteur en scène en puissance, abusant du grand angle et des longues focales.

F. M. – Esthète avant la lettre…

S. G. – J'adorais les pleins et les déliés. Il y a des peintres d'une photogénie flagrante. Exemple ? Delvaux, photographie exceptionnelle. Et lorsqu'on s'approche de la toile, la matière réelle est à chier. Autre exemple, Chirico, c'est d'une beauté dans un bouquin, et en fait c'est à gerber. Incomparable à côté d'un Bacon.

F. M. – Il vous fascine vraiment, celui-là !

S. G. – Le plus grand des contemporains. Oui, Francis Bacon, c'est la dégradation de l'âme, le no man's land entre le bien et le mâle. Bacon, ce sont des éjaculations de sublime crachées comme du foutre. Superbe…

des visions d'abjection, d'interférences homosexuelles. Extrêmement dérangeant pour les blaireaux. Un jour, j'étais à Londres[1], Chelsea, et il était là attablé devant moi et Jane me souffle : « C'est Francis Bacon. » J'ai vu un petit mec, un petit gras. Je suis allé vers lui, je ne l'ai pas appelé « Maître » parce que je ne sais pas comment cela se dit en anglais. « *Mister Bacon, can you sign me an autograph for me, Serge ?* », en lui tendant un billet de cent balles. Je l'ai gardé celui-là, je ne vais pas le brûler… Chez Bacon, on sent l'athéisme quelque part, mais pas la décadence. Ses papes hurleurs sont effroyables. Il a frappé juste parce que la religion, comme en définitive tout ce qui est judéo-chrétien, c'est très facho. *It's not my cup of tea…* Changement d'axe, le plus coloriste de tous, c'est Paul Klee.

F. M. – Je vois, j'en ai un sous les yeux…

S. G. – Ouais, 1913, c'est *Mauvaises nouvelles des étoiles*. J'ai chouré le titre pour mon

1 D'après Jane Birkin, la scène se déroula à Paris.

trente *Bad News from the Stars*. J'ai aussi un très beau petit Dalí 1930, *La Chasse aux papillons*. C'est encore la grande époque de Dalí, après il s'est un peu détérioré, ce n'était pas encore l'automatisme de sa signature « électrocardiogramme ». Je voulais d'ailleurs m'assurer que mon dessin n'était pas un faux. Je connaissais déjà Dalí et je me suis pointé à l'hôtel Meurice où il me passait de temps à autre des films pornos. Je lui ai collé sous ses moustaches une photo de ce dessin à la plume : « Maître, est-ce que cela vous rappellerait quelque chose ? » Il m'arrache le doc et me dit : « Monsieur Gainsbourg, mais c'est *La Chasse aux papillons* ! » Là-dessus, je me casse heureux.

F. M. – Il paraît que vous avez squatté chez Dalí... Avez-vous approché d'autres peintres ?

S. G. – Hélas, j'aurais pu rencontrer Max Ernst, il habitait à cent mètres de chez moi, rue de Lille. Je n'ai jamais osé aller le déranger. Je le regrette profondément, car je voulais un collage. De même que j'ai rencontré Stravinsky chez les Rothschild (je ne sais plus lesquels), et je n'ai pas osé lui demander un autographe... enfin, une signature.

F. M. – Pourquoi avez-vous lâché la peinture et l'archi ? Ça s'est passé comment ?

S. G. – Ç'a été très dur, je faisais les boîtes de nuit. Mon père était fauchman et je me devais de gagner un peu de blé. En fait, c'est un faux alibi. Les lumières dans les ateliers sont sublimes à six plombes du mat'. Comme je faisais les bars, c'était foutu pour moi, c'était foutu pour la peinture. J'ai même changé de nom. Lucien Ginsburg est devenu Serge Gainsbourg... Je n'ai jamais aimé ce nom. On l'écorchait toujours – en lui donnant des consonances germaniques ou russes, cela me perturbait. Et puis Lucien, dans les années trente, ça faisait garçon coiffeur, coiffeur pour dames. Trop *cheap* pour moi... À l'âge de trente ans, j'ai décidé de changer. Cela correspondait à la fin de ma vie de bohème. Au moment où j'allais peut-être trouver ma voie et par lâcheté j'ai tout abandonné. J'ai tout détruit. À l'époque, ma peinture était en pleine évolution, j'avais suivi un enseignement classique : le dessin, sanguine et fusain, Delacroix, Manet, les cubistes, les expressionnistes, les surréalistes. Je croyais me chercher, en fait j'étais paumé... Mais en flash-back et à l'analyse de cette cruelle destinée, au bout du compte, je ne dois rien à personne... Un jour, peut-être, je ferai une toile... unique. Voilà l'affaire. C'est marrant... Enfin, disons, c'est tragique. À deux pas de chez moi, il y a une boutique qui vend toujours des fournitures de peintre, Sennelier. Juste après la guerre, j'étais encore gamin, André Lhote nous avait enseigné qu'il ne fallait pas acheter des couleurs préparées. La pigmentation des carmins, ça se paye. Alors, ça coûtait un max et je payais... Je n'ai plus eu de blé et j'ai arrêté.

F. M. – C'est un alibi, ce n'est pas une histoire de blé...

S. G. – Exact... C'est une désertion. Flagrante. J'ai toujours l'acuité visuelle du peintre, et aujourd'hui mon suprême bonheur ici-bas est de faire un arrêt-image sur un chapiteau corinthien, ionique, dorique ou composite. Je ne pense pas que l'on ait fait aussi pur, aussi beau, aussi flagrant. Là, je retrouve la candeur, la sérénité et la fragilité de ma jeunesse. Tout ce que j'ai fait en archi. J'ai « crashé » à cause de ma désertion des arts majeurs. Oui, je suis un déserteur... J'ai déserté par lâcheté. (*Silence et masque.*)... Non, pas par lâcheté, car cette désertion a été voulue et délibérée.

F. M. – Il y a bien sûr des arts mineurs et des arts majeurs, qu'est-ce qui est le plus confortable, le talent ou le génie ?

S. G. – Pour l'intellect, c'est bien sûr l'art majeur. Un art majeur que j'ai effleuré, seulement par quelques phrases de mes *lyrics*. Des phrases peut-être perdues, mais tel est mon destin... Oh non, cela m'ennuie. Art mineur que j'aurais conquis. Art majeur que j'aurais raté… Je ne sais pas. Ce n'est vraiment pas mon problème.

F. M. – Mais si, mais si… Il me semble justement que ce soit votre problème… !

S. G. – Disons qu'avec cet art mineur qu'est le show-business, on est un tireur d'élite, et on a une réception immédiate des bénéfices. Et, en revanche, avec un art majeur, on est seul, on est visionnaire, on est fauchman, à moins que l'on ait droit au blé de quelque mécène, ce qui n'est plus de mise aujourd'hui.

F. M. – Tout ce que vous aimez dans l'art transparaît à travers ce que vous faites, le cinéma, la photo, la musique et la littérature…

S. G. – Il est évident qu'il y a des interférences. Si on s'en réfère aux cadrages, le 1/33 c'est le format figure, 1/66 le format paysage et le 1/85 c'est le format marine. Ce dernier format, on peut le mettre à la verticale, comme le faisait Lucas Cranach, l'un de ces maîtres qui me font bander parce qu'il savait jouer avec les courbes et les angles des nanas. Sur le plan de la mise en scène, on ne peut trouver plus rigoureux que la Vénus de Vélasquez. Elle montre son cul, mais dans un miroir on voit sa gueule. Magnifique. C'est un metteur en scène, bordel !

F. M. – Quels autres tableaux aimez-vous ?

S. G. – Bonjour Monsieur Courbet. Courbet est le premier à cerner et discerner l'univers des paysans. Avant lui, la peinture mettait en scène des aristos. *L'Enterrement d'Ornans* est une splendeur. Aujourd'hui, au Louvre, les blaireaux passent devant sans regarder. Enfin… J'aime aussi Géricault. Est-ce parce qu'il est un mal-aimé ?

F. M. – Ses portraits de fous dans les asiles nous prennent aux tripes…

S. G. – Bien dit, mon p'tit gars. Géricault est allé voir les cadavres dans les hôpitaux pour sentir la couleur des morts, des corps en décomposition en vue du *Radeau de la Méduse*. Une œuvre d'un romantisme exacerbé. Mais revenons à Courbet, ce qui m'a vraiment plu, c'est *L'Atelier de l'artiste*. Sur la droite de la toile, si l'on s'approche, j'ai pu toucher parce que je m'appelle Gainsbourg, je touche et je touche, eh bien, on sent du bout des doigts à côté de Baudelaire le corps d'une femme. Le lascar avait une maîtresse de couleur. À l'époque, ça avait fait scandale et on l'a obligé à l'effacer. Au couteau.

F. M. – C'est vrai, aujourd'hui on le voit aux rayons X. Mais au toucher c'est plus beau.

S. G. – Quant au *Massacres de Scio* de Delacroix, certains critiques ont dit : « C'est le massacre de la peinture. » Cette toile est grandissime, grandiose. Quand on s'en approche, on voit cette femme qui tient son enfant mort dans ses bras. Et là commence avant Turner et Whistler (eux, ils sont allés voir des scientifiques) la décomposition de la lumière. Maintenant, devant nos yeux blasés, cela paraît banal. C'est triste.

F. M. – C'était l'approche de l'Impressionnisme. Ce qu'il y a de plus beau dans cette toile, c'est l'orpheline au cimetière, qui est pour moi l'idéal féminin. Elle est sur la partie gauche de la toile, profil perdu, les cheveux tirés en arrière, et elle ressemble d'ailleurs un peu à Jane avec cet air dur et tendre à la fois.

S. G. – *Why not…*

F. M. – Quel est le plus grand peintre ? Des noms ?

S. G. – Un seul… Manet. Je suis un inconditionnel. Il a été le premier à supprimer les glacis et à cracher la purée.

F. M. – Son portrait de Mallarmé est une splendeur.

S. G. – Parenthèse. J'ai été au musée du Prado pour *Le Jardin des délices* de Jérôme

Bosch. C'est effrayant et sublime à la fois, je zyeutais des Ricains, et comme j'avais déjà le goût et les dégoûts de la dérision, je me suis agenouillé devant un radiateur et j'ai gueulé « superbe ! ». Et tous se sont penchés sur cette poésie de tuyauteries madrilènes.

F. M. – C'est une attitude dada, provocatrice, ça pourrait être celle de Picabia par exemple.

S. G. – Ah ! Picabia, j'achète. Picabia a une formulation sublime.

F. M. – Vous le citez d'ailleurs en exergue d'un de vos recueils de chansons : « Veuillez sucer, je vous prie, en lisant ces lignes, le jus d'une cerise. »

S. G. – Il a dit aussi : « Moi, monsieur, je me déguise en homme pour n'être rien. » Et : « Spinoza est le seul qui n'ait pas lu Spinoza. » Il y a encore quelques années, je regrettais d'avoir été trop jeune à l'époque du Dadaïsme. Sens de la dérision. Négation totale. À pisser dans ses frocs.

F. M. – Cynisme *for ever*…

S. G. – Non, non, pas toujours… Je pense à Giotto qui peignait en chialant. Moi je suis allé voir son *Annonciation* au Danemark. Ça crache, ça suinte la rigueur de la foi. On a perdu la foi et on a tout perdu. Nous ne serons même plus des monothéistes ni des polythéistes, nous ne serons que des païens. Je ne dirais même pas des athées. Peut-être le paganisme apportera-t-il quelque chose, un sang impur abreuvant nos sillons, mais j'en doute fort. Quand je vois les petits Primitifs dans les musées… Ils sont d'une telle fraîcheur, bordel ! Je sais pertinemment qu'ils broyaient leurs couleurs eux-mêmes avec du jaune d'œuf et des pigments. Mais, enfin, les matériaux n'expliquent pas tout, et surtout le génie. C'est à tomber raide. Les restaurateurs du Louvre ont plus de travail actuellement avec les Impressionnistes qu'avec les

Primitifs. Quelle importance de se survivre ? Grotesque !

F. M. – Bien sûr, les Impressionnistes n'en avaient rien à faire.

S. G. – Exact... Ils s'en foutaient. Comme plus tard Juan Gris ou Francis Picabia collaient du papier journal sur la toile. Ils savaient pertinemment que vingt ans plus tard le papier ne tiendrait pas. On a demandé à un de ces lascars : « Pensez-vous que vous allez passer à la postérité ? » Réponse : « Et qu'est-ce que la postérité a fait pour moi ? » OK, coco, parlons chiffres. Qu'est-ce que passer à la postérité après deux milligrammes ou millilitres de foutre de vie, face à quinze milliards d'années-lumière... Alors où sera Jésus le petit clouté ? Cinquante ans, deux mille ans, trois mille ans. J'espère que le *Saint Sébastien* de Mantegna va rester parce que c'est la toile la plus belle que j'aie jamais vue. Il est fléché, harponné sous un chapeau aux feuilles d'acanthe. C'est un mort extatique.

Quant à *La Cène* de Vinci, elle est ensevelie sous la boue de Florence.

F. M. – Alors pour vous c'est quoi la postérité ?

S. G. – Lulu, le p'tit Lulu.

F. M. – Non... Dites donc, vous n'allez pas vous en tirer comme ça, on n'a pas parlé de Vélasquez, ni de Goya...

S. G. – C'est étonnant combien il y a de génies dans la peinture espagnole. Vélasquez, hallucinant. Des naines et des malades, des tarées intégrales dans des robes sublimes, des roses, des laques de garance, des coloris à couper le souffle. Les visages sont atroces, les parures magnifiques. Ces infantes dégénérées acceptées par le roi d'Espagne... Quant à Goya, ce n'est pas un arrêt sur image, mais c'est vingt-quatre images/seconde quand je regarde ça. Ses fusillés, ça troue le cul... Et ce mec qui balance ses bras face caméra avec son overdose de plomb (*silence*). Dalí a dit quelque chose d'assez étonnant : « Picasso est espagnol, moi aussi, Picasso est un génie, moi aussi, Picasso est communiste, moi non plus. » Quand j'ai écrit *Je t'aime... moi non plus*, je ne savais pas que Dalí avait déjà balancé.

F. M. – Préférez-vous la peinture ou plutôt les histoires de peintres ?

S. G. – J'adore les histoires, surtout les apocryphes, comme celle de Pablo. Il était en pleine dèche, à Montmartre ou ailleurs, peu importe. Un Américain devant une de ses toiles lui demande le prix. Picasso pour frimer balance : « Cinquante briques. » L'Amerloque : « Putain, vous en avez pour un pognon fou, ici. » Et, pendant ce temps, Picasso piquait ses sardines dans la boîte avec un clou.

F. M. – Vers 1908, Picasso, encore lui, avait tout de même organisé un banquet pour le Douanier Rousseau au Bateau-Lavoir.

S. G. – C'est pas ça... Un soir, on l'emmène chez Maxim's, on lui met une cravate et on lui fait bouffer du caviar pour la première fois de sa vie. Puis suivent le canard au sang, les pêches flambées. En sortant, il se casse avec ses marchands de tableaux et il dit : « C'était pas mal, mais les lentilles sentaient un peu le poisson… » Cela dit, j'adore le Douanier. C'était un visionnaire. Il y a une autre histoire sublime, cette fois entre Michel-Ange et Raphaël. Michel-Ange prend un fusain et trace un cercle parfait d'un seul trait. Il passe le fusain à Raphaël qui pointe au centre. C'est beau.

F. M. – On sent du regret quand vous parlez de peinture. N'auriez-vous pas envie de vous y remettre ?

S. G. – Gainsbourg a été peintre, est peintre, et j'ai très envie de m'y remettre. L'acte de peindre, c'est la projection de son âme. Tous les *shows off* de la pub, c'est *too much*. Aujourd'hui, je suis au zénith et je suis adulte, alors… Le compte à rebours est commencé, j'en ai plus pour très longtemps. Alors maintenant, je vais me consacrer à la littérature, à la poésie, essayer de rattraper Rimbaud et la peinture. Je pourrais me mettre à peindre, à ne faire que cela, et à me louer un gourbi à Belleville... Non, ce n'est pas sérieux – surtout depuis que j'ai rompu définitivement avec la vie de bohème – l'horreur !... Car j'ai une vision esthétique de la création. Je voulais peindre en gants blancs, comme Raphaël dans un palais... et pas dans un univers crade. Je préfère ma rue de Verneuil. Je me suis gardé une petite pièce, ici, la pièce aux poupées de Jane. J'ai même fait installer une verrière. L'idéal, c'est le corps de la femme. Tous les peintres sont passés par là. C'est la beauté la plus glacée. Celle d'Ingres, bien que je ne l'aime pas, mais enfin il existe. Moi, j'ai été hyperréaliste et je suis passé à l'hyper-abstraction, ensuite je ne sais plus, je suis passé au piano...

Le musée imaginaire de Serge Gainsbourg, commenté par l'artiste

Lucas CRANACH L'ANCIEN (Cranach, 1472 – Weimar, 1553), *Ève*, Anvers, musée d'Art.

« Un maître qui savait inscrire des beautés dans des verticales et jouer avec les courbes. »

Jacques-Louis DAVID (Paris, 1748 – Bruxelles, 1825), *Le Sacre de Napoléon Ier*, 1805-1810, détail, Paris, musée du Louvre.

« Quand David a peint Le Sacre de Napoléon, *il y a mis tous ses nerfs pour mettre… des fleurs de lys. Ce n'est pas à Monsieur David de mettre des fleurs de lys. »*

Raffaelo Sanzio dit RAPHAËL (Urbino, 1483 – Rome, 1520), *Le Triomphe de Galatée*, Rome, Palais Farnèse.

« J'aurais aimé peindre en gants blancs comme Raphaël dans un palais. "Sorry angel/Sorry so/Sorry angel/Sorry so." »

Paul KLEE (Münchenbuchsee, 1879 – Muralto-Locarno, 1940), *Sous l'étoile noire*, 1918, musée de Bâle.

« Klee était violoniste. Violoniste de calibre professionnel. Son inspiration vient de là ; à la fois comique, élégiaque, tragique. J'aime entendre sa petite musique, ses Mauvaises nouvelles des étoiles *que j'ai sous les yeux. C'est Klee qui disait : "Ni serviteur ni maître, l'artiste est pur intermédiaire." »*

Francis BACON (Dublin, 1909 – Madrid, 1992), *Portrait de George Dyer parlant*, 1966, coll. Dr Benesohn Rosefsky, Binghamton.

« Le plus grand contemporain, il s'approcherait de Goya. L'homme seul, face à lui-même, visage dévasté. L'homme assis, vautré, couché, en devenir, forniquant, déféquant. L'homme réduit à l'état de viande. Bacon a dit : "On naît, on meurt, si on fait quelque chose entre les deux, c'est mieux." »

Théodore Géricault (Rouen, 1791 – Paris, 1824), Études pour *Le Radeau de la Méduse*, 1819, Rouen, musée des Beaux-Arts.

« Il avait le sens du drame et du mélodrame. Avant d'attaquer son chef-d'œuvre, il n'a pas craint d'attaquer les cadavres. Il soudoyait les infirmiers de l'hôpital Beaujon qui lui refilaient des membres mutilés. Avec lui, le fait divers se métamorphose en tragédie cosmique. »

Max Ernst (Brühl, 1891 – Paris, 1976), *La femme 100 têtes ouvre sa manche auguste*, 1929, gravure-collage, Houston, Menil Foundation.

« Voilà un bon dada qui vient de Cologne ! »

Diego Vélasquez (Séville, 1599 – Madrid, 1660), *Les Ménines*, 1656, Madrid, musée du Prado.

« J'aime le tragique de la peinture espagnole. Y flottent un esprit nostalgique, un sens de l'apparat, la solennité du pouvoir royal, mais aussi l'ombre de Dieu et de la mort. »

Eugène Delacroix (Saint-Maurice, 1798 – Paris, 1863), *Les Massacres de Scio*, détail, Paris, musée du Louvre.

« Œuvre grandissime. Quand on s'en approche, on voit cette femme qui tient son enfant mort dans ses bras. Là commence la décomposition de la lumière. Devant nos yeux blasés, cela paraît banal. C'est triste. »

Francis Picabia (Paris, 1879 – Paris, 1953), *L'Œil cacodylate*, 1921, Paris, musée national d'Art moderne.

« Ah ! Pi-pi-ca-ca-bia-bia. Dans Jésus-Christ rastaquouère, *il a écrit : "Notre cerveau est une éponge qui s'imbibe de suggestions, c'est tout." Un regret, un seul : n'avoir pas connu l'École universelle de Surréalisme par correspondance, directeur André Breton. »*

Andrea Mantegna (Isola du Carturo, 1430/1431 – Padoue, 1506), *Saint Sébastien*, 1470, Paris, musée du Louvre.

« Je suis obsédé par l'image de ce saint Sébastien, saint Sébastien harponné de flèches

sous un chapiteau aux feuilles d'acanthe. C'est la plus belle toile que j'ai jamais approchée. »

GIOTTO di Bandone (Colle di Vespignano, 1266/1267 – Florence, 1337), *Madone sur un trône entourée d'anges*, Florence, musée des Offices.

« "Il n'a imité personne", disait de lui Léonard. Je le répète à l'envi : chaque centimètre carré de sa peinture suinte la rigueur de la foi. »

Salvador DALÍ (Figueras, 1904 – Figueras, 1989), *La Girafe enflammée*, musée de Bâle.

« Dalí ? Grandioso ! »

Gustave COURBET (Ornans, 1819 – La Tour du Peilz, 1877), *L'Atelier de l'artiste*, détail : Charles Baudelaire, Paris, musée d'Orsay.

« Déjà tout gamin, j'allais au Louvre et restais des heures devant L'Atelier de l'artiste. *Aux Beaux-Arts, je me suis dit : "Je serai Courbet ou je ne serai rien." Il a été le Flaubert de la peinture. Avec lui, l'art bascule dans le scandale. Il ose des sujets. »*

Édouard MANET (Paris, 1832 – Paris, 1883), *Portrait de Mallarmé*, 1876, Paris, musée d'Orsay.

« Le plus grand des peintres. Putain, l'acuité de sa vision et la qualité de ses noirs ! Manet avait le sens de la concision, il agissait par réflexe. Mallarmé disait : "Le monde est fait pour aboutir à un beau livre." Il l'est aussi pour aboutir à ces tableaux. Majestueux et viril. »

Henri ROUSSEAU (Laval, 1844 – Paris, 1910), *La Charmeuse de serpents*, 1907, New York, musée d'Art moderne.

*« Le Douanier fut lancé par Alfred Jarry, l'auteur d'*Ubu roi*, puis appuyé par Apollinaire. C'est beau ça, non ? Des poètes qui soutiennent un autre poète. Il y a toujours du mystère dans ses paradis perdus. »*

Léonard de VINCI (Vinci, 1452 – Amboise, 1519), *La Cène*, 1497, détail, Milan, S. Maria delle Grazie.

« Le génie à l'état pur. Il possédait – entre autres ! je répète, c'est le génie de la Renaissance – une science unique de la lumière. Zyeutez un peu

la gradation des ombres et des lumières, l'éclairage de la nappe, la pleine luminosité du ciel, la pénombre du mur… »

LE TITIEN (Pieve di Cadore, 1488/1489 – Venise, 1576), *Femme se peignant*, Barcelone, musée des Arts décoratifs.

« Le Titien ? Grand metteur en scène. On ne peut trouver plus rigoureux. Vision de chair et d'étoffes, sublime carnation, velours rouge sang. Il y a là matière à rêve. »

Jean-Auguste Dominique INGRES (Montauban, 1780 – Paris, 1867), *L'Odalisque ou Petite Baigneuse*, Bayonne, musée Bonnat.

« Je ne suis pas un fanatique d'Ingres. Trop académique. Mais, bordel, il faut reconnaître que son bain turc a de la classe. Il y a un style Ingres, visuel, réaliste. Un œil. »

Joseph Mallord William TURNER (Londres, 1775 – Londres, 1851), *Les Grandes Chutes de Reichenbach*, Bedford, Cecil Higgins Art Gall.

« Il a vu le soleil de soufre naître dans le brouillard. Il a surpris les grands fantômes dans

la brume, dans la pluie. Il a senti les villes et les vaisseaux errer dans l'air. L'impressionnisme, c'est lui, avant Monet. »

James Mac Neill Whistler (Lowell, Mass. 1834 – Londres, 1903), *Portrait de sa mère*, Paris, musée d'Orsay.

« L'élève de Courbet, c'est lui. Un virtuose sagace des gris, des noirs et des roses. On l'appelait le "prince des Amateurs". »

Francisco de Goya y Lucientes (Fuendetodos, Aragon, 1746 – Bordeaux, 1828), *Le Trois-Mai*, Madrid, Prado.

« Encore un Espagnol ! Ce n'est pas un arrêt sur image, c'est plutôt 24 images/seconde quand je regarde un tableau de Goya. Ce mec qui balance ses bras face caméra avec son overdose de plomb… Ça troue le cul ! »

Vincent Van Gogh (Groot-Zundert, Brabant, 1853 – Auvers-sur-Oise, 1890), *Le Champ de blé jaune*, 1889, Zurich, coll. part.

« Il travaillait la nuit face aux étoiles ou chauffé à blanc sous le soleil. »

André Lhote (Bordeaux, 1885 – Paris, 1962), *Étude de Gitane*, 1912, Paris, musée d'Art moderne.

« Un petit maître cubiste, okay, *mais grand théoricien. Lhote était mon prof. »*

Jérôme Bosch (Bois-le-Duc, 1453 ? – Bois-le-Duc, 1516), *Le Jardin des délices, L'Enfer*, détail : les instruments de musique, Madrid, musée du Prado.

« Le Bien, le Mal, l'effrayant et le sublime, le paradis et l'enfer. Bosch, c'est une imagination diabolique, inépuisable, avec un sens aigu de la vraisemblance anatomique. Le Jardin des délices, *œuvre majeure sur la tentation et la déchéance humaine. Et puis c'est "sex", Bosch. »*

Nicolas de Staël (Saint-Pétersbourg, 1914 – Antibes, 1955), *Le Piano*, 1955, Antibes, musée Picasso.

« Un jour, il m'a dit : "Ma peinture est fragile comme l'amour", et puis, il s'en est allé. Suicidé. »

Les textes ici publiés, revus et corrigés par l'auteur, ont paru, dans une première version, dans les livres suivants : Gainsbourg, voyeur de première. Entretien avec Franck Maubert (*Mentha, 1991 ; La Table ronde, 1998*) *et* Gainsbourg for ever (*Scali, 2005*).

Table des matières

Photocomposition Nord Compo
Villeneuve-d'Ascq

PAPIER À BASE DE FIBRES CERTIFIÉES

Fayard s'engage pour l'environnement en réduisant l'empreinte carbone de ses livres. Celle de cet exemplaire est de :
0,600 kg éq. CO_2
Rendez-vous sur www.fayard-durable.fr

36.33.4463.0/01

Achevé d'imprimer en septembre 2013
par La Nouvelle Imprimerie Laballery (Clamecy, France).
N° d'impression : 309130